夜繁星

我等世间风，除非最疾烈，否则吾不乘。
我行世间事，若非最上乘，否则吾不为。

化浊／著

成都时代出版社
CHENGDU TIMES PRESS

图书在版编目（CIP）数据

夜繁星 / 化浊著 . -- 成都：成都时代出版社，
2024. 10. --ISBN 978-7-5464-3528-2

Ⅰ . Ⅰ277.4

中国国家版本馆 CIP 数据核字第 20241CE444 号

夜繁星
YEFANXING

化浊 ／ 著

出 品 人　达　海
责任编辑　王珍丽
责任校对　周小彦
责任印制　黄　鑫　曾译乐
装帧设计　成都现当代文化传播有限公司

出版发行　成都时代出版社
电　　话　（028）86785923（编辑部）
　　　　　（028）86615250（营销发行）
印　　刷　成都市天金浩印务有限公司
规　　格　145mm×210mm
印　　张　10
字　　数　270 千
版　　次　2025 年 1 月第 1 版
印　　次　2025 年 1 月第 1 次印刷
书　　号　ISBN 978-7-5464-3528-2
定　　价　49.00 元

自　序

　　人有时总会仰望星空，憧憬宇宙的神奇，尽管终你我一生，也难以抵达宇宙的终点。

　　所以，在《夜繁星》的世界里，一名叫叶凡的主人公，展开了漫游星海的旅程。他把在路上的见闻，汇集形成本书。

　　在路上，他途经一颗黄金星球，因那里遍地黄金，故而黄金最廉价。

　　在路上，他又途经一颗以捏泡泡纸闻名的星球，在那里捏泡泡是传统的体育项目，有举世闻名的赛事——泡泡世界杯。最近泡泡星的家长有些烦忧，许多孩子都不愿捏泡泡，转而成群结队地在操场上围着一个球跑。

　　……

　　有时候，人们会说，旅行旅行，不过是从一个自己居住的地方，到另一个他人居住的地方。并不是因为他人居住的地方多么美好，而仅仅是因为人心，久住生厌。

　　这话也许是对的吧。

　　不过，从另一个角度去看，世间旅客，总归淡泊。因为旅客在路上所有的相遇，很快就会分离。

　　这是你选择上路之前，早就知道或者说早就向往的事。

　　而同样的景致，于你而言是淡然还是热切，两种不同情感审视之下，亦总会有截然不同的喜悦或悲伤。

故而旅行，重点从来不是动身与否，不是景致的相同与不同、熟悉或陌生，而是一个人的心怀是否恬淡。

有关本书，有关本次旅行，它记叙的内容比诗歌的内容略凝练，又较长篇小说的内容更松散。

每个章节，故事独立，并无前后关联。故事短者数百字，长者数千字，大部分能在五分钟至十分钟内读完。

闲暇之时，随手一翻，翻至何处，便是何处，不失为一个适宜的阅读方法。

然从整体规划而言，本书分为"游历星海""不改童心""章回之间""言说志怪""故事寓言""愿尽善美"六个篇章。

其中，"游历星海"主要用现代文进行创作，讲述主人公畅游星海见闻。其风格审美，渐由现代科技，转向东方古典。风格之间，并无好坏，随人所愿，各得其所。

"不改童心"以现代文为主，写童话故事。依化浊愚见，此世间有两种童心，一者年幼、一者年长。年幼童心，美好易得，年长童心，美好难得。这是同时写给年幼与年长读者朋友们的童话。

"章回之间"多为长篇故事。

"言说志怪"多是些神灵鬼怪，子所不语的故事。

"故事寓言"文字仿古，与"游历星海"类似，然而文风更精简。

"愿尽善美"是以故事为名义的诗歌。

愿翻开此书的所有读者朋友们都能从中受益，就像作者在创作过程中所收获的那样。

化浊

2024 年 5 月 1 日于石家庄

目 录

游历星海

不改童心

章回之间

言说志怪

故事寓言

愿尽善美

游历星海

无尽星海的旅行永不止息，每一次游历都是一次收获。这次叶凡记叙的是一颗由黄金制成的星球，黄金星球的故事。

黄金星球

一

　　黄金星球真的是由金灿灿、黄澄澄的金子组成的，至少绝大部分的构成是如此。

　　如果你对此疑惑不解，可以设想一下其他由岩石、泥土构建而成的星球。在黄金星球，普通星球里的岩石与泥土倒成了珍贵之物。

　　比如，黄金星球上最高的山峰，海拔高达万米，除了顶上覆盖的白雪外，其余通通由纯度百分之九十九的黄金堆砌而成。

　　又比如，乡间耕作。几锹铲下去，时常会挖到许多大小不一的金块，这时农夫会厌恶地弯下腰将它拾起，然后随手丢到不碍事的地方。

　　在黄金星球最普通的人家里，他们的地板铺的是黄金，桌子是黄金造的，餐具也是黄金制成的，就连马桶都是纯金制成的！

　　久而久之，人们厌倦了金子刺眼的色泽，就调配出五颜六色的染料，涂抹在黄金上。

　　这叫遮"丑"，让黄金制成的一切看起来不那么刺眼，档次不那么低。

　　后来探索地底的科学家们在星球的深处发现了一种神秘的金属。它是如此坚硬，不似黄金那样绵软，它闪烁的光芒是如此深邃，不似黄金那样肤浅。科学家们将其命名为"铁"。

　　黄金星球的人彻底疯狂了，他们第一次得知世界上有如此珍稀、特别的物品，它完全不似黄金一样廉价，仿佛全身上下都弥漫着高贵、神秘的气息。

　　珠宝学家们说，这铁块诚然是上天的恩赐，如此的坚硬，象征着爱情的永恒。幸福的婚姻，怎能不买一个铁制的戒指作为鉴证呢？

　　自命不凡的诗人们，常以铁作为惊心动魄的比喻。他们形容理想为铁一般珍贵的梦想，畅谈人生为铁一般宝贵的生命。

　　人们是如此倾慕于铁。

　　于是有钱的老板喜欢脖子上挂一串又粗又圆的铁链子，显得气势十足，旁人也常投以羡慕的目光。

　　富贵人家的装修，以用上铁制品为荣。若是用黄金雕刻成惟妙惟肖的雕塑，以铁石为睛镶嵌在眼窝中，那是小户人家的做法。真正的大户人家，整个雕塑必须都以纯铁制成，黄金只配当底座。

　　银行深入地底的铁库，那是人们向往的地方。整个铁库由黄金制成的厚重大门来防护。在铁库内里，有一排排黄金制成的货架，上面整整齐齐地码放了一个个长条形的铁块。每个铁块都印有独一无二的编号，象征着它贵重金属的身份。

　　那天，旅行中的叶凡问一名黄金星人，仁者此生最大的梦想是什么？

　　黄金星人回答，他渴望有一座铁制的大屋，越大越好。

　　遍历过太多星球的叶凡对这个回答不置可否，他思考了许久后说道："唯愿仁者的铁屋足够大，足够高，能完整容纳下仁者的灵魂。"

不浪漫的罪名

一

在星海偏隅有一浪漫人间，彼世间之人，最讲浪漫，以至于有不浪漫的罪名。

彼间刑罚，有不浪漫之罪，规定男女之间，三日未曾互相浪漫者，受小罚；七日未曾互相浪漫者，受中罚；三十日内未曾互相浪漫者，受大罚。

如此看来，浪漫人间一定很美好，事实却并非如此。因有违适度的缘故。

彼世间离婚诉苦处，常有女人控诉自己的丈夫太过浪漫、不懂严肃、不知正经，以致日子没法过下去。

有女人诉苦说，那天我生日，原本想把积蓄用作理财投资之用。奈何我先生全部将之用于购买鲜花、装点房屋，并在房屋里摆放一个大大的心形花团。次次如此，铺张又浪费，我该怎么生活？

又有女人哭诉，那天我们因琐事吵架，我哭得正伤心，埋怨没有人理解我。我先生却没有耐心与我沟通，也没有跟我分析道理与对错，反而是买一点花与礼品，在上面镌刻我的名字，便觉得这样能治愈我的悲伤。次次如此，不用心思，不讲道理，生活如何继续？

更有女人哭诉，我自幼任性，每每遇事，总爱无理取闹。可我先生实在太浪漫，每当如此，就各种花样哄我开心，随我心意，从不讲究原则。

起初我觉得这样很好，可时间久了，又觉得总这样一成不变，毫无新意。

我知道他是真心对我好，可我真的觉得已经无法再爱他了。他是个体贴、有耐心的人，但我希望重新找一个有原则、懂坚守的男人。

无目世界

一

在星海偏隅有个无目国度，国度中人，皆无眼目，椭圆形脸庞上，耳鼻口舌，依次分布。

人心或许如此，于未曾得到者而言皆无可惜。尽管无目国人人都没有眼睛，可他们从不觉得人生有何遗憾。

毕竟，在无目世界里，有悦耳音乐、奇异熏香、甘美瓜果，种种受用，足可以打动人心。欢快时，手舞足蹈；悲伤时，耳朵下垂，口中发出类似啜泣般的声音。凡此种种，是无目世界。

彼世界中，人们外出，必然手持柳杖。

彼柳杖者，长短适宜，质直且轻，中有空隙，迎风自鸣。其作用有二：一者，探实地面，避免坑洼；二者，迎风出声，警示旁人。

适宜悦耳之柳杖，乃无目国人居家旅行必备之良品，由此形成风俗，曰赐柳节。

彼赐柳节是无目国人成年礼，往往由家族功勋、耆耄，于节日之时，赐初成少年柳杖，示其成年，前路漫漫，可独行也。

于柳杖一事，无目国人从来不觉有何不便，毕竟千百年来，一直如此。过去如此，现在如此，可预见将来，依旧如此。

若说有什么神明一般的仙术，可使无目国人能不依柳杖也能出行，还能避免互相碰撞。如此未免太过理想化，似乎空谈，不切实际。

在无目国度，没有美女，只有香女。口述、刻字文学之要领，不是描绘景致增加氛围，而是形容气味，使读者兴致勃勃。

最特别的是，在无目国人的理论中，他们的世界没有日月，只有地心有一个不断翻转，一面炽热，一面寒凉的大铁球。

当铁球炙热面面朝大地时，无目国度便是热时，当铁球寒凉面面朝大地时，无目国度即陷冷时。

当然，无目国并无白天、黑夜，这般与颜色相关词汇，取而代之则是热时、冷时。

其实，有关地心铁球之说，倒也有些发展与确立。

起初，其很好解释了为何在热时，无目国度越是地凹之处温度越高，越是高山之处温度越低。

后来，某科学家做了举世闻名的两个铁球实验，提出质疑。

彼科学家于极热时，在空中放置一铁球，另置一铁球，于空中铁球正下。一段时间过后，竟是空中铁球更热。

"发现了！"科学家完成实验后，内心激动不已，他抬起无目脸庞望向天空，用手指着铁球说道："旋转的大铁球在天上，它就在那里。"

四周观众均无法看见科学家的举止，与此同时，他们内心并不信服科学家的话。

毕竟，一个能在天上悬空的大铁球，着实太过危言耸听，这是谁也没见过的事。

后来，大批的科学家创造性地提出各式各样的理论，基于地心铁球说解释两个铁球实验结果。其中最著名的当是热量抛射说。

该学说认为，地心诚然存在一个硕大铁球，于热时不断向外抛射热量。

彼热量先是以极快速度升空，而后缓缓降落。正因如此，两个铁球，空中更热。

此理论一经提出，人心疑云一扫而空，众人无不交口称赞，叹曰事实，赞曰合理。

自此以后，地心铁球说渐渐成为无目世界里人们心中默认的事实。

大科学家

一

在无尽星海之中有一颗夜晚也放着光芒的星球，人们都叫它"科技星"。奇怪的是那颗星球并没有剑与魔法，人也不会在天空中飞翔。与此同时，科技星流行着一种叫"科技"的事物，那是科技星人的依赖。

那个星球被一名热爱科技的国王所统治着，可国王实在是太谦逊了，他并不觉得自己有多么不凡，多么高高在上，所以他废止了"国王"的称呼。于是科技星人都称呼他们亲爱的国王为大科学家。

大科学家有三名最爱怜的弟子，一名叫斗争，一名叫虚荣，还有一名叫良知。每当大科学家想要巡视他的国土时，他都会带上这三名弟子。

那时，虚荣总会用最新奇的科技制造出种种前所未有的盛大场景，比如绚烂的烟花，钢铁做的巡游车。在巡游车上大科学家与良知醉心于最新的研究。而斗争则更愿意跳下车来，向国民们展示最新科技制作成的武器。

无论是斗争、虚荣，还是良知，他们都爱极了他们的国王——大科学家。

犹记得在很久很久之前，大科学家为了研究矿物间的作用，不小心将硫黄、硝石与炭合而为一，紧接着进行加热。

只听嘭的一声巨响，混合的矿物因受热炸裂开来，细细碎碎的尘屑在阳光下弥漫开来。大科学家被炸得灰头土脸，连胡子都被炸飞了一半，剩下的那一半还不断冒着青烟。

可大科学家并没有因此而沮丧，相反他的眼睛变得异常明亮，因为他发现了新奇的事物而显得十分兴奋。只见他在阳光下尘屑里手舞足蹈地雀跃道："无知的我又发现了世间的一种道理，虽然了解得还不够深刻，可进步总是让人觉得快乐啊。"

兴奋的大科学家没有忘记他的三位弟子，他急匆匆地召集来斗争、虚荣与良知，向他们演示自己科技上的最新发现。

只听见又一声嘭的巨响。矿物如同预期的那样炸裂开来，迸发出巨大的威力。三位弟子望着面目全非的实验室目瞪口呆。

"你瞧！将硫黄、硝石与炭合而为一加热将产生如此巨大的威力，肤浅的我们又多了解了世界一分！我决定将其称之为'火药'！"大科学家摸着残破焦黑的胡子快乐而纯粹地说道。

"这真是了不起的发现！用它来制作武器，威力巨大，无人能挡，将使远方的愚昧之地得以臣服！"斗争看见火药的威力如是道。

"这是了不起的发现！可以减轻它的分量用以制作火光，它将炫彩夺目，无人可比，它将会在夜空燃起最炫目的火花！"虚荣看见火药的威力如是道。

"这真是了不起的发现！善用它的能量，能疏通河流，开辟路桥，人民将由此安乐！"良知看见火药的威力如是道。

大科学家是一个纯粹的人，他的快乐只因自己明白了更多的道理，而非其他。在向弟子们展示过成果之后，他又醉心于自己更深入的研究之中。

可弟子们毕竟有不同的想法……

科技是什么？在不同人眼中或许有不同的答案。在大科学家眼中，科技就像是海滩上的珍珠，蛋糕顶上的樱桃，或者孩童最心爱的玩具。

大科学家并不确定童心究竟是什么，尽管所有的人都说他有童心。有时候他也思考童心是什么，也许童心是纯粹的喜好，没有那么多额外的东西吧。

在发现火药的奥秘之后，大科学家并没有志得意满，也不打算对火药做任何的利用，反而继续埋头深入自己别的研究中。

是的，大科学家是一名有童心的人，他对于科技的喜好是纯粹的。就像是喜欢珍珠、樱桃、玩具，喜欢的是它们本身动人可爱的模样，而并非它们值多少钱，或者用它们作交换，能换回什么。

不久之后，大科学家宣布他想到了一个有趣的点子，需要漫长的时光开展实验。于是他在深山里建立起了一座新实验室，并嘱咐他的徒弟们，至少一百年内不要打扰他。

大科学家离开了，于是他的徒弟们开始各有各的想法。

斗争首先想到的便是大科学家旧实验室里残留的火药。只见他连滚带爬地冲进大科学家的实验室，然后紧紧反锁上门。随后不顾形象地趴在桌上、地面，用手不断聚拢起实验室火药的余烬。

他死攥着火药的尘屑，生怕遗漏一丝，这让他的双手被余烬染得无比漆黑。

晚到一步的虚荣则不断在门外拍打着大门，他语调尖酸地嘲讽道："斗争！要优雅！"

而良知并没有参与实验室的搜刮。相反自见识到火药的威力之后，他满脑子想的都是如何利用火药的威力减轻人们的劳作。修路开桥，造福一方，一想到那些美好的场景，良知便忍不住高兴地笑了起来。

这之后没过多久，斗争、虚荣、良知分道扬镳。斗争与虚荣选择离开去远方实现他们的抱负，而良知选择留下，守在大科学家独处的深山外，静候百年的约定。

……

终于，一百年过去。那天风和日丽，带着对研究意犹未尽的遗憾与对徒弟们深深的思念，大科学家从深山里走了出来。而良知早已盛装等候在山外，恭迎着大科学家。

大科学家看着人群热烈的欢呼声，以及良知成熟睿智的脸庞，内心十分高兴，他对良知说："你长大了。"紧接着他疑惑地问："斗争与虚荣呢?"

良知闻言，眼眸闪过一丝黯淡。"斗争死于斗争，虚荣自封在虚荣的宫殿里。"良久，他才如此回复道。

原来，离开的斗争，用火药制作了种种杀伤力巨大的武器。这些厉害的武器让他迅速征服了大片大片的地域。

因为迷信武力，所以斗争变得不近人情，顽固不化。最终他的部下背叛了他，让他死在了他所发明的最新式武器上。

而虚荣则因爱慕虚荣，用火药制作了绚烂的烟火，演绎了种种盛大的场景。从未见过烟花的人们被其折服，一时间无数的赞美涌向了他。

因为赞美，虚荣变得骄傲，好似全天下都应该赞美他。可时间久了，大家见识了太多的烟火，都觉得光有盛大的场景而没有深刻的内涵是枯燥乏味的事，于是对虚荣的赞美也随之减少。

可习惯了赞美的虚荣并不能接受赞美的减少。于是他建立起了一座虚荣的宫殿，只接纳赞美他的人入住，并自那以后，从未踏出宫殿一步。

只有良知一直没有离开大科学家独处的深山，他利用火药制作出了种种省力的工具，帮助百姓疏通河流、开辟山路。

久而久之，四周的百姓都感激他的恩德。良知成了百姓心中无冕的王，而王所下辖的地域一片安宁祥和。

得知这一百年发生的事后，大科学家久久不能言语，随后他感慨万分地拉起良知的手说："科技要真正地造福百姓，肯定离不开你。"

大厨家

一

凌晨五点三十分，他梳洗整理完毕后准点抵达大厨房。偌大的工作间里只有他一个人，干净整洁的地板倒映出他的影子，晨间的气息是如此的寂静。

他年过六十，终身以厨艺为事业。中年时他依靠精湛的厨艺博得了天下人的喝彩，进而功成名就，成了国际知名酒店的镇店大厨。只是最近人们说他老了，再也做不出让人垂涎欲滴的菜品。

亦如过去数十年所做的那样，他熟练地拧开阀门，热油、入菜、投盐、翻炒。

天下间炒菜的技艺大抵类似，烹饪出的滋味却天差地别。这其中的差别是用心深浅的不同。熟练的极致是一种本能，一颠一翻间行云流水，一招一式中恰如其分。

三十年前，初有所成的他以扎实的基本功，以及对菜品新锐的见解渐渐声名鹊起。他的菜，滋味丰富，如百花盛开般争奇斗艳；种类新颖，中西合并，博采众家之长。连老一辈们都赞叹他独具匠心的创意。他不鸣则已，一鸣惊人，一时间食客纷纭。

二十年前，他自认为没有不曾见识过的菜品，哪怕有，自己也能一眼看穿其中的火候与技艺。因为见多识广的缘故，他的菜美味无穷，选材、做工、配色无不追求最上等。一时间一菜难求，非达官显贵不能品尝。渐渐地，他的声名达至巅峰。

十年前，他妻死子亡。深受打击的他一度封勺，经过长时间的休息之后他再度出山。

只是他已经老了，原本润泽的皮肤已变得干枯褶皱，悄然间两鬓微白。而他的菜的滋味也越来越寡淡。原先酸甜苦辣种种滋味的盛宴越来越少，取而代之的是菜品平淡天然的本味。渐渐地，他的食客们绝大部分都离开了他。离去的人都说大厨老了，做不出那等精彩绝伦的佳肴了。

终于，灶台里的火候合适了。他熟练地一翻，将炒好的青菜盛出。这一碗青菜，他用的只有油与盐。种种奇异浓烈的香料厨房里有许多，只不过他弃之不用罢了。不知何时，他的徒弟已经站立在他身后，徒弟用一种带着崇拜与认真的神情，试图将他的每个步骤记录下来。

"记住，越简单，越纯粹。"大厨家转身将青菜放在徒弟面前，认真叮嘱道。

缺味世间

一

在星海一隅有一个缺味国度，那里的人们住宅宽阔、衣物舒适、交通也还算便利，唯一的遗憾便是彼世间少盐缺味，故而饮食显得寡淡。

亦因如此，彼世间以盐为货币，无数或动人、或悲凉、或现实、或无奈的故事，均围绕着盐展开。

曾有舍生忘死的义士，宁死不食敌国盐，被人们所称颂、赞美；有青梅竹马的少男少女，因抵不过富庶人家的食盐诱惑，最终分道扬镳；有志强的贫盐人，通过努力打拼而坐拥盐之仓山；亦有富盐的豪强，仗着自己盐重，肆意妄为，最终成为无盐之人。

缺味世间，因无滋味故，人心常陷争斗，进而酝酿出无尽的悲伤与苦难。

后来有纯真良善的少年王，眼见缺味世间人心因盐而争斗，彼此痛苦不堪。于是他立下豪迈誓言，一定要找到传说中的无尽盐泉，让世间不再缺盐，让人心亦由此止争。

怀揣壮志的少年王翻山越岭、追星逐月，忍受无知世人的腹诽，躲过深山猎人的暗杀，避开狮子虎豹毒蛇，最终在群山最深处找到盐泉。

当少年王怀揣着盐泉的结晶走出群山，世人无不被那剔透的盐块所震撼，贪婪地吞咽口水。

随后，少年王又拒绝贪心商人许下的厚利，不仅未曾藏私，还将盐泉的位置告知天下。

于是成群结队的车马飘扬着各式彩旗，逢山开路、遇水搭桥，浩浩荡荡地朝盐泉奔涌而去。

当他们历尽千辛万苦，终于来到无尽盐泉旁时。看着那洁白晶莹的盐块，人们泪如雨下。忽然有人感激地朝少年王跪拜，紧接着人们犹如波浪荡漾，纷纷朝少年王跪拜。

至此，少年王加冕为盐王。

在盐王的指挥下，四通八达的道路延伸向整个世界，取之不竭的盐块被送至千家万户。缺味世间再不乏味。

舍生忘死的义士，再也不会有无盐的遗憾；青梅竹马的少男少女，再也不用因盐而分离；富盐者再也不是豪强；世间亦再无贫盐人。

如是八十年，盐王看着歌舞升平的世间，无怨无悔地逝去。人们为了铭记他的恩德，用盐泉里最洁白的盐块，做了一座他的雕像。

而后百年间，缺味世间的人们因衣食住行都无忧虑，纷纷想办法消磨时光。

有豁达者，提倡以仁义自牧心灵，从而得以升华。此言一出，附和赞美者众，实行者少。

有散漫者，提倡以声色犬马为娱乐，使人无忧。此言一出，批评讥讽者多，实行者亦多。

久而久之，纵使缺味世间不再缺盐，亦无人用盐作攀比，人们却开始用其他东西，作比较高低之用。

人们会去攀比，谁的房屋更加富丽，谁的衣物更加华贵，谁又有更舒适宽敞的马车。

围绕着这些得失，无数或动人、或悲凉、或现实、或无奈的故事发生。

有舍生忘死的义士，宁死不享敌国富贵，被人们所称颂、赞美；有青梅竹马的少男少女，因抵不过富庶人家的财富诱惑，最终分道扬镳；有志强的穷人，通过打拼而变得富有；有富庶的豪强，仗着自己的权势，肆意妄为，最终一无所有。

其实，缺味世间缺少的从来不是盐，而是人们的知足之心。

树莓子

一

在星海某处偏隅有一国度，那里盛产一种类似树莓的果子。那果子酸甜可口，品类繁多，深受人们的喜爱，人们时常用其酿酒。

树莓子是国度中的一员。他生性爱莓好饮，年少便立志定要翻遍三山五岳，尝遍彼世间所有树莓及其所酿琼浆。

待年过四十，山岳翻尽后，他已深得树莓滋味，小有声名。

那日，同样爱莓好饮的国王传召树莓子入殿，听他讲述莓酒的道理。只见树莓子不慌不忙，侃侃而谈。

其论曰："天之道，损有余而补不足。高山莓紫，性寒，需赤玉热杯温服。盆地莓红，性暖，需雪玉寒盏凉入。"

国王闻言，如痴如醉。其间有不好酒之大臣，嗤之以鼻。大臣奏曰："酒水毕竟雕虫小技、不值一提，何以如此繁复，恐为浪费。"

莓子闻言回敬曰："酒虽小道，精心揣摩，犹可出神入化。为人者，精益求精，理所当矣。"

大臣闻言默然无对。国王则心中大喜，下令呈上东土西域各式莓酒，邀树莓子品鉴。

只见树莓子从容不迫，用不偏不倚的言语，将各式树莓酒好坏优缺，点评至尽。

一席欢宴过后，树莓子声名大盛，人们纷纷称赞他是缥缈的酒中仙。

因点评中肯无偏颇，人们纷纷以树莓子的言论为准绳，他言某款酒水精致，彼酒当即售罄。

久之，有多心商人提携莓酒造访，期望得到树莓子的良言，并许以厚利回报。

商人的酒水确实优异，加之利润分配格外慷慨，树莓子忍不住允诺下来。

之后的宴饮中，树莓子总有意无意地提及商人的酒水，酒酣情畅时，心里想起厚厚的回报，又忍不住对酒过誉几分。

人们听从树莓子的点评，购入商人的酒水品鉴。人们发觉这酒水虽不如树莓子所言那样尽善尽美，但确实是酒中佳酿、世间珍品。

久而久之，人们都说树莓子是酒中大师，能识珍贵。

因酒水销量增加，商人许诺的回报滚滚而来。树莓子明明得到了那么多，却再也无法忍受丝毫的减损与失去。

渐渐地，他的心慢慢狭隘，越来越少去品评其他款式的莓酒，而是专注去称赞商人的那一款。言辞之间，也更多地出现了夸张与虚浮。

虚浮的语言听多了，人心渐有背弃。只因过去积累了较多对树莓子的信任，人们还是愿意认同树莓子，都说他是某款莓酒的专家，专一而情深。

后来，随着那款莓酒的声名日盛，商人果断选择抛弃树莓子，不再为其提供丰厚的回报。

忽然间一无所有的树莓子，由爱生恨，竟开始贬低起自己曾推荐的酒水，将它的缺点一五一十地说尽，并添油加醋。

树莓子如此出尔反尔、颠倒错乱，令人们难以置信。又在商人有心的推波助澜之下，人们都说树莓子年老昏聩，言语错乱，是个老糊涂酒鬼。

近小远大

一

在星海偏隅有一沉浮人间。彼人间有大画师，以风雨时节为感触，能作春夏秋冬之巨制。人所见闻，多有惊叹。

某日，画师于孔雀园中，作万花瀑布流图，其图万紫千红，各色鲜花五颜六色、林林总总，组成流水，织为瀑布，从高山悬落，竟是万花瀑布流图。

彼时画成，诸孔雀见之，莫不开屏，与图相对，意与之交相辉映。

一时，画师善画之名，不胫而走。

他方国人闻之，某国有大画师，能作万花瀑布流图，引来孔雀争辉，实乃出神入化之笔也。

由是有爱画之少年，远而心起仰慕，为之变卖家财，积累粮食，不畏艰难，一路跋山涉水，前往画家国度拜访。

其人刚入画家所在之国，便问国人，可知能作万花瀑布流图之大画师？国人闻言，叹而答之："知也，知也，彼是有名之画师，吾国之骄傲也。"

少年闻言，心下大安。由是继续赶路，前往画师家乡。彼刚一入画师家乡，便问乡邻，可知能作万花瀑布流图之大画师？

乡邻闻言答曰："吾岂不知，其人幼时，我尚见过他爬。大家都夸其画好。"

少年闻言，欣慰而尴尬，由是遵循指引，叩画师门府，意图求见。彼刚一敲门，恰遇画师近前小童出门。

少年忐忑问之："童子，此处可是能作万花瀑布流图之大画师府邸？"

小童闻言，不耐答道："你也是来找那老头的？不就一幅破画么，有甚稀奇？等着，我给你通报。"

如此几经波折，少年终于得见画师，感慨之余，并将一路见闻如实以告。

画师闻言，郑重问少年道："仁者访我，意欲习画，汝可知近小远大之画理否？"

少年闻言懵懂："学生才浅，只知近大远小，不知近小远大的道理。"

画师答言："近小者，因亲近故而失庄重，由是轻飘，不能成才；远大者，因陌生故而多谨慎尊重，由是沉稳，可得长进。汝切记之。"

豆腐国王

一

在星海偏隅有一人间国度，国度里的国王喜咸厌甜，尤其爱吃咸豆腐脑。

亦因如此，该国上下皆以吃咸豆腐脑为时尚，偶有爱吃甜豆腐脑的人士，动辄被人们讥笑为不懂欣赏美食。

那一天，国王一睡入深梦。在梦中，他忘记了过往，不再记得自己是国王，反而一身衣衫褴褛，像个乞丐般行走在陌生的街道。

街道一旁有饭馆售卖豆腐脑，是放糖的甜豆腐脑。人群簇拥在甜豆腐脑桶旁，酣畅淋漓地享用着。

国王瞥一眼甜豆腐脑，尽管自己饥肠辘辘，但仍旧不改心里对甜食的厌烦，竟叉起腰对店里的客人指手画脚道："你们怎么吃甜豆腐脑？咸豆腐脑才好吃！"

此言一出，国王意料之中的附和之声并没有随之而来，反而人群嬉笑着望着他，眼神里是说不出的滋味。似乎是在嘲讽，一个衣衫褴褛如乞丐之人，也配对豆腐脑的味道品头论足？

国王于大窘中惊醒，醒来依旧心有余悸地推问身旁的爱妃，豆腐脑是甜的好吃，还是咸的？爱妃不明所以，只说自然是咸的好。

同日早朝散会后，国王留下群臣问话，将梦中场景如实相告，他想要征求群臣的意见，看这梦的征兆是吉还是凶。

群臣惶恐，不敢妄言。

心有不甘的国王于是乔装入酒肆，言之有一富人昨夜梦见自己成了乞丐，如何如何。不知酒坊里各位高贤，于此梦有何见解？该梦是吉还是凶？

有贫穷少年听闻梦境，嗤之以鼻道："世人贪慕虚荣，见风使舵，贵者所言皆附和，贫者所说无人听，亦为常矣。"

国王闻言憾然。

此时在一旁看热闹的叶凡有了兴致，他掺和进来说道："诸位仁者，不知你们吃豆腐脑，是喜欢甜的，还是咸的？"

众人闻言纷纷答道："我朝国主好咸，我辈云从，自然更偏向咸豆腐脑。"

"所以，甜豆腐脑罪大恶极，人皆不食之？"叶凡适时追问。

众中有长者闻言出声道："小哥此言差矣，甜豆腐脑何罪，不过人心取舍，有人偏咸，有人偏甜罢了。"

国王闻言深有所感，起身朝众人作揖而退。

自是以后，国王施政，再不以个人好恶为取舍。

阿 云

在一个孤单星球上的孤单草原中，有一座孤单的村庄，村庄里有一名孤单少年，叫作"阿云"。

他厌倦了小村庄里一眼便能望到尽头的生活。每天日出而作、日落而息，苍凉地成长，娶一名普通，甚至连梦想也普通的女孩为妻，碌碌无为地过一生。

阿云不愿过这样的生活，于是他在闲暇时常守在村口，翘首企盼着十天或半个月偶尔过路的商旅。他渴望了解外面的精彩，甚至憧憬着某一天，自己也能放下一切，跟着旅人一起闯荡天涯。

那一天，一趟东海之国的车队，缓缓从远方迈向村庄。阿云远远地望见车队里飘扬着的海蓝色旗帜，内心无比欣快。

他向往海洋的宽阔，那在阳光下闪烁着金色的绵延长滩，湛蓝色的海水与天空接壤，空气中多是温暖如春的气息，悠闲的海鸟则在空中惬意翱翔。此情此景，怎能不令人憧憬？

于是阿云飞奔向车队，递上新鲜的羊乳，与旅人一行攀谈起来。旅人告诉阿云，他所憧憬的事物都是确然存在的。如果阿云真的那么向往，可以翌日在村头集合，加入车队同往海洋。

那一夜，阿云彻夜难眠。他望着早已打包好的行李，无数次提起又放下。终于，当他想到旅途中一路赶路的艰辛，风餐露宿，退却的念头开始占据上风。

翌日太阳升起的时候，阿云一人坐在家中，面朝着车队远去的方向，眼泪默默地流下来了。

那一天，一趟从西岭而来的车队满载着旅途的收获，缓缓途经了阿云的村庄。阿云远远望见车队里飘扬着的山脉旗，内心又有了无比的向往。

森林是富饶的地方，有无数奇珍鲜果与宝藏。听闻深山之中有千年的灵芝与久经风霜的人参，采摘下它们配着林间的清泉服下，能让人不老。

于是他又飞奔向车队，递上热气腾腾的饮食，亲切问好。旅人感恩地接过食物，愉快地与阿云攀谈起来。他们确认了阿云的向往，森林中确实多有宝藏。旅人告诉阿云，如果真的想去那儿，可以翌日凌晨来到村口，他们可以等待，直至太阳升起之时。

那一夜，阿云彻夜难眠。他望着早已打包好的行李，无数次提起又放下。

终于，当他咬牙决定无视行路的艰辛，再苦再难也要赶往时，他又忽然担忧起旅人所说的草原尽头的风暴。那是遮天蔽日的雷霆与狂风，十之一二的旅人会倒在那里，永远也无法抵达目的地。

他可以不畏惧行路的艰辛，却太害怕付出没有结果。一念迟疑，晨曦缓缓舒展，阿云又错过了时机。于此，他不知是该庆幸还是悲伤。

自那以后，阿云虽然依旧习惯性地喜欢守在村头，可他仿佛认命一般，只是略带留恋地看着往来的车旅，不再上前仔细打听。

直到那一天，叶凡背负着无畏巨剑，一人独自从村庄外

27

路过。

那巨剑的光明闪耀，使人忘却恐惧、忧伤。阿云被剑光吸引，提着饮食来到叶凡身旁。

他献上饮食，叶凡接下。叶凡问少年有何苦恼，阿云如实将自己对远行的憧憬，以及对未知的恐惧相告。

叶凡安静地倾听完他的心事后说道：

"仁者的担忧确实如此，付出不一定总能得到自己想要的收获。

"然而，一定是先有付出，才会有收获。

"如果总想着万事俱备再出发，那么人便很难会有动身的时候。"

牧羊女

——

那是一个翠绿色的国度，大地上遍布着一望无际的草原。在人迹罕至处，劲草能长至半腰。风掠过，便会激荡起由远而近又由近而渐渐远去的绿色波浪，那是草原上的海。

彼时会有牧羊人站在大风中，撑起巨大的羊皮风筝，整个人攀附在风筝上随风而起。他会一边欢快地游荡在风中，一边吹着响亮的口哨。

而在地面，壮硕如骏马的领头羊，一旦听见牧羊人的口哨声，也会跟着发出一声长叫，以这种方式带领它的族群，追随牧羊人的风筝，迁移向草场更丰美的地方。

此情此景，从天空中向下望去，便犹如在绿色的波涛里，碰撞出点点白色泡沫。又如春色的草被中，星罗棋布地盛开着朵朵白色小花。牧羊人见此，内心常常快乐得不能自已。

某年某月某日，流浪星空的叶凡途经那片草原。他一身深灰色的藤衣显得与周围的环境格格不入。那是上一个国度，流沙国的馈赠。天空中忽然传来的牧羊女欢快的歌声吸引了他。

叶凡举目望去，牧羊女也发现了他。带着好奇，风筝落了下来。

"仁者，您从何而来？"牧羊女一身矫健的皮衣，忽闪着大眼睛好奇地打量着叶凡。

"仁者，我从流沙国度而来，方才入此草原世界。"叶凡如实相告。

"哦。"虽不大明白叶凡所说的流沙国度位于何方，牧羊女亦怯于多问，只是眼睛不时忽闪忽闪地望向叶凡肩上别的一朵黄色枯木雕花。

那小雕花通体玄黄，泛着别有的浑厚光泽，乃是流沙国人临别的馈赠。这枯木雕花在流沙国虽属平常，然而在罕有巨木的大草原里，却少有得见。

叶凡见此，信手解下雕花，将其赠予牧羊女，并说道："相逢即是有缘，还请仁者收下我的敬意。"

牧羊女闻言羞怯拒绝再三，而后收下。随即开心地从风筝上解下一皮囊新鲜羊乳，将之回馈。

而后，牧羊女在大风的催促下重新驾着风筝飞翔。因为别着心爱的雕花，她显得异常开心，乘着风绕叶凡飞翔一周后方才离去，远方也渐渐传来甜美悠扬的歌谣。

叶凡则坐在风中聆听着牧羊女的歌声，不时抿一口手中的羊乳。

这是他与牧羊女的故事。

流星雨

一

　　如果你站得足够遥远，你会发现看似永恒的宇宙是如此的脆弱和渺小。它就像长生树上的花朵，一个个宇宙生成、绽放，而后凋零。一个个世界就像是浪潮里的泡沫，刹那间涌现，刹那间消逝。

　　他刚从一个破灭的宇宙中逃离，躲在一个星球的石窟里。在石窟外，正下着一场流星雨。那是真正的流星，是上一个宇宙破灭后残留下的灰烬，因穿透过厚实的大气层而变得炙热。它们如暴雨般倾泻，在大地上溅射出点点岩浆。

　　"第一千三百万亿个世界破灭，时间过得太久了，久到都失去了记录的意义。"他在记事本上轻轻记录下一笔。时间过得太久，久到时间没有了意义，久到记录没有了读者，久到他忘记了无数种语言、遗失了无数种文字。此时的他所写的文字，所用的语言，是上上上个世界里的精灵语。优美的文辞、悠扬的语调，让他忍不住记录，忍不住想要保留住这种语言最后的痕迹。

　　忽然间，洞口一阵明灭，一个精灵闯了进来。他起身迎接，大抵是这个星球太荒芜了吧，让他忍不住想说一些欢迎的话语。他先是用上个世界的通用语打招呼，精灵茫然，表示不知他所言。于是他换了另一种通用的语言，精灵依旧摇摇头，表示听不懂他的话语。于是他放弃了。

那一晚，他和精灵并排坐在洞口，看着世界毁灭后的灰烬。他对精灵的来历并没有好奇，因为流浪的人大多相似，都是注定漂泊的。一个偶然的机会，精灵看到了他记事本上的文字。精灵带着悠扬的语调，对着他说："原来你也会精灵文。"

听着本该熟悉却随着时间所湮灭的声音，他的心中忽然有一丝激动。"从精灵史诗里学到的。"他用同样温柔的声音回应道。这声音穿透了悠远的时光，精灵愣了片刻，因为这太亲切了。

不知不觉地，精灵背诵起了那曾被时光湮灭的诗篇："山河大地，日月浮沉，精有灵兮，归于故里。"

仿佛勾起了他久远的回忆，他也跟着背诵起来："且歌且行，相欢相愉，岁月绵长，愿无所虑。"

世界会破灭，时间会沧桑，而美好的诗篇，会永远在人们心中流传。

葬 礼

一

叶凡苍老的遗体躺在竹筏上，他身体的四周放着一圈山野里盛放的不知名小花。一切正如他的遗愿，人们轻轻地将竹筏往河中央推送。竹筏随着荡漾的水波，缓缓驶向山水的深处。

一切都要从四十年前说起。

那一年，永远不老的叶凡步入一颗星球。那里战乱频发，百姓流离失所。在一片草原上，叶凡遇到了一群逃荒的灾民，出于怜悯，他将自己的食物送给了他们。

灾民中有一对姐弟，姐姐十来岁的模样，弟弟则是七八岁。在兵荒马乱中，他们与自己的父母失散，成了孤苦无依的人儿。

姐姐接过叶凡给予的食物，尽管自己面如菜色，却依旧将大部分食物分给自己的弟弟。弟弟饿极了，接过食物便狼吞虎咽。而姐姐则是小心翼翼地捏着食物往口中送，生怕遗漏了分毫。

叶凡望着姐姐乌黑的眼珠，如同看见了天上的星辰。他的内心莫名一动，原本只是过客的他，却决意带领灾民前往没有饥荒的地方。

在叶凡的带领下，灾民们很快便找到一个山谷。那里果树茂密，流水潺潺，又没有洪水猛兽，恰是世外桃源的模样。

完成了自己的心愿，叶凡本该离开，继续踏上自己的旅途，姐姐却哭泣着从背后抱住了他。

她向叶凡祈求道："你可以为我留下来吗？"

质朴无华的话语，让叶凡内心一阵柔软。他低下头，深深地凝望着女孩的眼睛，用手抚摸着她的额头问道："你需要我停留多久呢？"

女孩闻言高兴极了，连忙回答："一生一世！"

一生一世，那是她眼中的永远，叶凡在心里暗自嘀咕。

"仅此而已吗？我答应你。"叶凡说。

得到了肯定的答复，女孩欢快地唱跳起来，她没能发现回答里的深意。

漫游星海的旅行者是这样的，通常，他们只要不停止在星际间的流浪，也就永远不会老去。一旦旅行者停下脚步，他们便会被时间追赶上，其不老的身躯亦会跟着凋零。

在答应小女孩为之驻足后，叶凡的身躯开始衰老。在有限的生命里，叶凡用他超越时间与空间的智慧，建立起了一个没有饥荒的国度。

他是国度里的国王，而姐姐是国王的公主，起名"星悦"，弟弟是国王的王子，叫作"星辰"。

人很少思考死亡，直到死亡终于降临。

一眨眼，四十年过去。受人敬爱的国王在与他的公主、王子告别后，独自一人坐在江边的顽石上死去。

人过中年的公主星悦，一边流着眼泪，一边擦拭国王的遗体。她与星辰一起抬着叶凡的遗体放在竹筏上。

遵从国王的遗愿，葬礼一切从简。没有声势浩大的送别队伍，也没有兴师动众的纪念仪式。有的只是一只简单的竹筏，那是星辰亲手捆扎而成；有的只是遗体四周堆满的山野里不知名的小花，都是星悦亲手采摘的。

就那样轻轻一推，带着国民们的留恋与不舍，竹筏随着荡漾的水波，缓缓驶向山水的深处。

虚空之上，叶凡端坐在云端，静静地看着自己的葬礼。漫游星海的旅行者是这样的，只要心不曾老去，即使身体衰败了，只需再换一副身躯即可。

是时候离开了，幸福的道理他已为国民们讲述，只要国民们遵循，悠远绵长的快乐将看不到尽头。又有什么好遗憾呢？

叶凡再一次深情地望向人间，然后转身，重新踏上前行的旅途。

昙　花

传说在一个又一个世界里，生长着由长生枝所化作的昙花。

那昙花从初生到盛放，需要整整三千年，然而真正的盛开之时，却仅仅持续三息，三个呼吸过后，绝美的花朵便会凋谢。

正因如此，昙花花开，可遇不可求。

远在叶凡尚未脱离生死时，他便听闻过昙花的故事，于是心生向往，想要亲眼见一见昙花盛开。然而截至如今，他却依旧未曾如愿。

那天，漫游星海的叶凡，在一片茂密的雨林里发现了一株昙花。

那花儿可爱的模样，勾起了叶凡久远的记忆，他忆起了自己尚未远离生死时对昙花的向往，那时懵懂、憧憬。

故而他选择为此驻足，久等一朵花的绽放。

从昙花生长的模样看，离开花还有一千年。于是叶凡手托昙花，进入入定状态，直到千年以后。

一千年，眨眼匆匆。

曾经的雨林，因气候的变迁而变成荒漠，昙花盛开的地方，成了沙漠中的绿洲，而叶凡则枯坐化成了人形的巨石。

那天，缘分的使然，驾着成群骆驼、远渡荒漠经商的商旅队伍在行进的过程中，遇到了遮天蔽日的沙尘。

商旅队伍中的一名男子被风沙吹迷了路，身无长物的他跋涉在荒漠中。

就在他即将饥渴至死时，他发现了沙漠中的绿洲——昙花生长的地方。

带着绝处逢生的喜悦，男子奔到绿洲边畅饮，待饱足时忽然抬头，恰见巨石手中的昙花悄然绽放。

那是世间怎样的美丽？让看见的人几乎停止了心跳。

一息、两息、三息。

三息过后，昙花凋谢，不复绽放时的光景。

也正是那时，手托昙花的石人眉心一动，石屑窸窸窣窣地从他身上掉落，叶凡从入定状态中醒来。

出定的叶凡看着手中凋谢的昙花，以及目瞪口呆的男子，一声长叹。

守候千年，奈何缘浅。

"我守这昙花，入定千年，却不比仁者，不急不慢、不早不晚。"言罢，叶凡将手中的昙花赠予男子。

晚　至
一

那年，在深山幽寂的空谷中，叶凡一梦数千劫，待梦醒时，晚风尚微凉，地面上残留着几许旧风雨。原来趁着梦深，人间下了一场清凉雨，这让他内心里溢满了平静与安详。

恰是那时，天上的青鸟扑腾着翅膀传信而来，那是梦中曾遇到的神明，邀他上天参加华美的盛宴。于是他唤起巨剑，准备扶摇而上。

突然地，从远方草丛中传来一阵窸窣的声音，原来是一名中年樵夫一路披荆斩棘，步入了四季如春的幽谷。眼见生人，叶凡辞过青鸟，收回巨剑，对着樵夫问道："仁者何来？来此为何事？"

"我……我……"樵夫眼见叶凡的巨剑光辉熠熠，内心忐忑地说不上话来，"我是此山樵夫，为寻山中仙芝而来，打扰了，打扰了。"言罢便想依来路退回。

"且慢，不知仁者寻仙芝是为何？"也许是梦的美妙，叶凡对于突然闯入的外人并无反感，"是为了捣制成药，贩卖获利？还是要奉献郡官，以求升迁？"他追问道。

"哪有那福气。"樵夫眼见叶凡笑得和善，也自在起来，"是家中拙荆，劳苦持家。过几日是她生日，我想寻几味灵药，制个养颜美容的丸子，哄她高兴。"

"哈哈，你倒是老实。也罢，我今日高兴，恰知附近有株仙芝，服过之后，应能养颜。你且在此地等我，最多一两日，待我赴过天神宴请，便替你寻来。"叶凡言罢便驾着巨剑，如轻灵的云朵一般，飘浮上天际。

地上的樵夫见此，吓得跪倒在地，不停地磕头大喊："谢谢神仙，谢谢神仙。"

天上不比人间，仙乐飘飘，祥云朵朵，除了死亡，少有忧愁。叶凡如期加入众神的宴会，然而，因为对樵夫的承诺，令他始终不敢纵情，只喝不过三盅便婉拒了仙女的殷勤，要回人间。

在天上与人间的界门处，有一汪清池。那时恰是莲花盛放的时候，清澈空灵的水波中，一朵朵莲花风姿绰约，亭亭玉立。清风拂过，花容婆娑。

"观清溪，赏芙蓉。"叶凡不由深望一眼，口中呢喃道。那个瞬间，他忘记了时间。

好在他很快清醒了过来，不再留恋天上的美景，转身回了人间。

在人间，他采摘好仙芝重回山谷，却发现山谷面目全非，等候他的樵夫也早已不见。

心知可能错过了时间，叶凡动用自己的神力在人间遍寻樵夫的身影。

不多久，在不远处的山村，他找到了白发苍苍的樵夫。

"神仙，神仙，你来晚了！晚了六十年！"苍老的樵夫指着妻子的坟茔，对手持仙芝的叶凡说道。

"唉！不想天上深情一眸，人间却已过甲子！"叶凡懊恼地摸头。

沧海桑田

一

因被上个世界的暴戾气息所侵扰，叶凡如一颗流星般陨落在另一个世界的草原上，随即昏睡了过去。

草原因他的陨落而在地上砸出一个深坑，地底的温泉水因此喷涌而出，温暖的泉水慢慢地溢成了湖泊。湖水将叶凡的身体托举在湖心，云烟渺渺，保护着叶凡的身体不受草原上的风寒。

随着岁月流逝，湖水渐渐干涸，四周的泥沙填满了深坑。叶凡的身后悄然长出一株硕大的青松，那青松如伞又如冠，那叶子长得密不透风，垂髫的枝叶又好似帘帐，保护着叶凡的身体不被草原上的雨雪淋湿。

可能是湖水所滋润的缘故吧，青松四周的植被格外鲜艳，绿草如新，不染尘埃，红花似焰，独立于世。曾经的深坑仿佛成了一片独立的小天地，与外界相连却又迥然相异。

如此百年、千年、万年，日月交替四季更迭，星辰斗转日月更新，寂静的松树下，弥漫着洪荒的气息，时间失去了意义。曾经青翠的苍松，终于熬不过时间，枯萎干瘪成了死木。

也正是那时，沉睡中的叶凡醒来，他看着头顶的枯木，漠然无言。上个世界暴戾的气息依旧在体内冲撞，他有些吃力地靠坐在树下。

不管怎样，叶凡总是恢复了一些体力。

　　那天，草原外的牧童厌倦了阡陌纵横的农田，趁着午后的时光，他骑着水牛向草原深处探索，还下定了决心不回头，除非看到草原的尽头。如此走走停停不知过了多久，牧童遇见了巨木下的叶凡。

　　看着眼前的巨木，牧童高兴极了，他用陌生的语言问叶凡："你是何人？为何会出现在这农田外的草原深处？"

　　叶凡闻声而知其心意，感慨地说道："犹记得我来时草原外是一片浩瀚汪洋，不想如今已化作桑田。"

　　牧童觉得此人有趣便停了下来，把牛绑在枯木上，他攀爬上叶凡背后的枯木，在枯木的一根树枝上小憩了一会儿。

　　待醒来时，日已偏斜，牧童转身向叶凡作别，骑着水牛原路返回。可等他走出茂密的草原时，映入眼帘的不再是熟悉的农田村舍，而是一片看不到尽头的海洋。

　　在沙滩上，世代捕鱼的渔民们用他听不懂的语言闲聊，一片片渔网在夕阳的晾晒下，泛着点点光芒，牧童目瞪口呆。

　　原来树枝上的那一小憩，世间桑田又化作沧海。

演　礼

在大约八千年前，叶凡因故第一次途经该星球。

那恰是一场新雨过后，空气中弥漫着泥土与植物的芬芳。在海棠树下，有一名贤人正向他的弟子们讲述礼义的道理。叶凡途经，觉得颇为深刻，于是便将贤人的话记录了下来。

诸弟子当知，人之有别，异于禽兽，唯其知礼，能知节制。

夫礼者，秩序也。上上下下，左左右右，尊尊卑卑。

尊者为上，卑居其下。尊号师令，卑则遵从。

夫上者，重德也，有德则名曰上。

夫尊者，厚义也，有义则名曰尊。

德居其上，义名为尊，此为守礼。能守礼者，必能内谦于心，外安于人。和和睦睦、进进退退，不失其据，此则名为君子。

利为其上，覆义为诤，此为失礼。失礼之人，内陷于曲，外露则诡。曲曲折折，狡狡诈诈，进退无状，此则名为小人。

诸弟子，即已知礼，当流露于行，此为演礼。演礼者，以身践行，心行如一，方名纯淑。

夫演礼者，曰正、曰诚、曰谦。

正者身形端正，头无曲偏，非礼勿视，非礼勿听，此名为正。

诚者言辞无曲，知之为知，不知为不知，无有诣狡，此名为诚。

谦者虚怀若谷，能尚且示之不能，勿自傲，勿蔑他，此名为谦。

后世之人，能演是礼，即我真弟子。

贤人的弟子听闻过道理后内心十分高兴，觉得自己一生有了前进的方向。他们纷纷将贤人的道理传播开来，一时间整个星球都充满了礼义的声音。

这一转眼便是八千年，当叶凡再一次途经这个星球时，先贤的道理已彻底地没落下去，听闻者多，实行的却少。

那一天恰是先贤生日，人们按照八千年来形成的传统，在海棠树下斗礼。

有两个老者一路披荆斩棘，过关斩将，晋级了斗礼大赛的决赛。他们将彼此视为竞争对手。

只见西边的老者，身披着写有"义"字的披风，毕恭毕敬地端正着身形，非礼勿听，非礼勿视般看向东边老者，然后深深地弯腰一躬，唱道："久闻大师德名，如雷贯耳，幸会，幸会。"

斗礼开始了。

东边的老者身穿绣着"德"字的大褂，见西边的老者气宇轩昂，他深知来者实力不俗，于是端正起身子。为了显得谦虚，他故意把腰弯得更低一些，唱道："大师带义而来，鄙人不才，久仰，久仰。"

西边的老者见此情形，心叹一声不好，自感不易取胜。于是他把腰弯得更低，唱道："客气，客气。"

东边的老者不甘认输，继续弯腰，回道："哪里，哪里。"

西边的老者应道："抬爱，抬爱。"

东边的老者忙回："谦虚，谦虚。"

西边的老者答道："承让，承让。"

……

叶凡见此，大笑不止。

山 移

那天，身心的疲惫使叶凡从星空降落。他选择在一汪清溪旁，趺坐入深梦。

如是春夏秋冬，他的面容逐渐斑驳，覆盖上厚厚的尘土。

如是斗转星移，他身上的尘土变得凝重，慢慢地成为山石。

如是沧海桑田，他的身影渐渐消失，取而代之的是一座高高耸立的大山。

如是世界毁灭又生成，那座山峰在世界毁灭时消失，世界生成时又自然浮现。

如此不知过了几劫，叶凡于此过而不闻。直到某一日，啃山的铁石声惊动了他。

啃山者说，此山阻挡了我的去路，我要啃山，将其贯穿。

有人劝他，山何高伟，人如何能穿？他回答，我若不成，有子又孙，子子孙孙，必将贯通。

又有人劝，啃山事难，移居事易，为何舍易而从难？啃山者听过久而无言，随即又拿起锄头，默默啃山。

如是十年、二十年。

那是一个烈日当头的午后，啃山者的家人因故送食饭晚，困顿交加的啃山者忍不住扔掉铁锄，指着大山破口大骂。大意是这山的过失，阻碍了他的前路。

他咒怨的眼神在叶叶凡湖里荡起一丝波澜。叶凡微微一笑，随手一挥，凉云遮蔽起烈阳，人间下起一场温柔雨，一并抚平了啃山者内心的狰狞。

随即，叶凡起身，裹挟着大山而去，给啃山者让开道路。

人们都说，是啃山者的坚持感动了上苍，令山川为其易路。然而，他们并不懂得，能真正欣赏坚忍心意的，都是更深的平静与豁达。

白桦树

那天驾着巨剑翱翔于天际的叶凡，被地上的凡人所见。地面上的人纷纷惊叹道见到神仙，并在看见他的地方建立起他的雕像。于是，叶凡不经意间成了人们心目中的神灵。

雕像建成后，不时有人在雕像前向叶凡祈求着自己心中的愿望。叶凡的天耳听得清楚，他听见人们心中种种所求，只要所求良善，他愿意用自己的神力成就人们的愿望。

久而久之，这雕像灵验非常的消息不胫而走。叶凡雕塑前的人流变得更加鼎盛，宫殿也随之建立，名曰剑仙宫。

在善恶沉浮的凡间有一处密林。林中密密麻麻地生长了特有的白桦树，那白桦树生长缓慢，木质也不结实防潮，一直没什么用处，千百年来人们一直任由其自生自灭。

可某一天，人间的博物家研究了新的发明。用白桦树的汁液经过种种工序，能制成雪白的白桦纸。那白桦纸通体纯白，书写流畅，比市面上所有的纸张都显得高贵。一时间人们纷纷进入密林砍伐白桦树，用以制作白桦纸谋利。

无数人因砍伐白桦树而家财丰饶，于是人们更加积极砍伐。

善调阴阳的郡守见此，内心生起了深深的忧虑。他害怕滥伐会使水土失衡，导致不测的灾难。于是鸣鼓召集民众，讲述了事物平衡的道理，期望民众停止砍伐。

受欲望蛊惑的民众，自然不听。于是郡守立下法令，禁止民众砍伐，并在密林的边界，派士兵进行守卫。

然而，盗伐依旧络绎不绝。

终于，恶事降临。随着千百年来不断生长的白桦树被大量砍伐减少，水土开始流失，来自北方的狂风，没有了白桦树的阻挡，开始暴虐地侵袭这片土地。

仅仅是春季，人间便被沙尘暴所笼罩。如此到了夏天雨季，狂风与洪水又该如何处理？

从未经历过沙尘暴的人们，在犹如世界末日的风沙中，无比惊慌失措。郡守加大了处罚力度，在密林外，五步一亭、十步一岗，建立起了看守哨所。盗伐之事有所抑制，然而一切为时已晚。

随着夏日临近，水土越发不稳。连村间的小溪都已开始暴涨，溪水的颜色不再清澈，而是泛着泥土的浑黄。毫无疑问，这一切都是水土流失造成的后果。

水土流失的情况一天比一天严重，六神无主的人们想起了他们的神灵。于是人们在叶凡的剑仙宫举行了盛大隆重的祝祷会。

郡守在宫殿外训斥着人们不懂阴阳平衡的道理，滥砍树木导致水土失衡。

宫殿内的人们知道了自己的错误，在叶凡的雕像前反思，大意是自己知道错了，再也不敢了，再也不砍伐白桦树了，求剑仙免去即将到来的灾难。

叶凡听见人们的祈祷，于是提起巨剑直飞塞北，用无畏大剑砍断虚空之上的风根，人间的狂风因此减少。随之又飞向西域雪山，用大剑劈下巨石，临时堵上万川之源，人间的流水因此减弱。

然而这一切并不是没有代价的，叶凡在砍断风根与堵上万川之源时，被酷烈的罡风与冰寒的阴泉所侵袭，身躯受损，即将陷入长眠。

"只要人们认清自己的错误，在风根重聚、万川之源复通前停止砍伐，重新种植，一切将恢复如初。"这是叶凡昏睡前最后一句话。

叶凡这一昏睡，世间不知过了几多时节。待他醒来的时候，已逝去升仙的郡守正没好脸色地盯着他看。

而人间则是一片洪泽，暴雨泥流充斥大地，无数人民流离失所。

原来犯了错却没有得到应有教训的人们，眼见什么灾难都没有发生，在利益的引诱下，又肆无忌惮地砍伐起白桦树来。

一日复一日，一年复一年，灾难始终没有发生，直到最后洪水滔天。

"唉！"叶凡见此，懊恼长叹。

善意仙

一

在星海偏隅有一世界，那里的天上与人间，苦乐竟截然不同。

在天上，仙人们除了死亡少有忧愁，衣食从虚空中自然飘落；仙人们没有劳作，安享生活，种种艺术娱乐，精巧难思，令人流连。

而人间，除了死亡，还有种种所求难得。人们需要辛劳从事耕种、贸易等种种活计。人们需在完成活计之外才有的艺术娱乐，相较于天上，亦显得粗糙简陋。

正因如此苦乐有别，天上有善意仙人，不忍世间疾苦，于冥冥之中，常对人间施以鼓励，期许人们向上而行，得以升天。

世间有大方、懂分享的宽心人。其人常作施舍，不计回报，快乐天真。善意仙人见此，对他多有照顾，使之生活顺遂，事业成功。

世人见此，纷纷夸赞起宽心人的大气、不计得失，理应富贵荣华。然而，当他们自己直面利益取舍时，又常陷入疑惑之中，无法做得如宽心人一般。

甚至，还有心重的阴谋论者，他们认为宽心人的大方不过是在虚伪表演，是骗取人心、换取利益的权术之道。

善意仙人见此，忽觉措手不及。

　　世间也有真诚守礼之君子，其为人仁义，道德高尚，大义无私。正因如此，其人胸怀坦荡，于官无畏、于民无愧、于好友亲朋亦无畏缩。

　　因无畏惧之故，其人心诚言直，能言常人不能言，行常人不能行，旁人非但不以为恼怒，反而深深敬佩。

　　君子常感叹，自己过得何其快乐而自由。

　　善意仙人见此，暗中相助，使君子的故事广为人知。

　　世间之人纷纷敬佩君子的豁达、潇洒，反复读诵着他直言不讳的名言良句。然而，君子之言，犹若利剑，人们纷纷将之挥舞，砍向他人。人们甚少有反思自己之时。

　　更有甚者，以奸巧之心揣摩君子言辞，练得一副善辩嘴脸，以与人争辩，口头战胜为能事。

　　善意仙人见此，内心忧愁，于是决意动用狠招。仙人用天眼照见人世，发现有一位贫穷小伙，萌发善意，为道路旁一具无名尸体覆盖衣物，予死者尊严。

　　于是仙人动用神力，在小伙熟睡时，凭空在其房屋横梁上开出朵朵珍贵灵芝奇葩。一夜之间，小伙得以富庶。

　　"如此显而易见的前因后果，帮助他人，成全自己。世人总该学会，并效仿着去做吧？"仙人自得于自己的智慧，动用神力后，心满意足地赴约天上欢宴而去。

　　天上一日，地上一年。

　　待仙人欢宴归来，再次望向人间时，他竟发现，人间某地养成了挖掘祖先尸骸，将之装扮一新，以求福德的习俗。

不老花

一

时间混着风沙侵袭面庞，那面庞上褶皱的纹路，一如四周被岁月侵蚀的残垣。

世末的吟游诗人，拉着断断续续的马头琴，干渴枯裂的琴声在风中飘零。

这一次，吟唱的是《不老花》。

曾经的曾经，在这个星球残破之前，星球上存在着一个强盛的国家。

那个国家以花为名，国礼是花，战旗是花，就连国王的王冠上也镶嵌着一朵不老花。

不老花，是花之国梦寐以求的美好事物啊。毕竟哪个女子不想容颜永不凋零，哪位英豪不愿英名永不朽于世间。

于是强盛的花之国，举全国之力，聚集花之术士祝祷。

术士们头戴百花冠冕，身披群艳霞衣，用花木雕刻成的藤杖，齐刷刷地向上天祝祷。

"仁慈的上天啊，请怜悯人间的虔诚，降下只有天上才有的不老花。"

声势浩大的仪式，举行了三天三夜。善良的花神在天堂遥望人间，始终不忍将不老花的种子播撒到人间。

天上的天魔则起了恶念，他抢下不老花的种子，朝人间挥洒。

种子降临人世的瞬间，花之国的人沸腾了，他们以为自己的诚意感动了天上的神明。

可也许是厌恶人间的污秽，不老花即使降临，也不愿在人群聚集的地方生根。

只见虚空中飘浮的花朵，似慢又快地飞向人间最幽秘的山林。

"不老花！我的不老花。"皇后、公主见不老花远逝而泪流。

"不老花！传说中的不老花。"国王、大臣见不老花消远而沮丧。

国王的命令从宫阙深处飘来，王国最精壮的士兵队伍整装迈向山林。

只为那不老之花。

这是一条艰难的道路，一路横穿荒野丛林、荆棘瀑布，为了不老花也只能忍着苦将风沙和汗水咽下。

终于，终于，将士带回了不老花。

可是，不老花只有一朵，该给谁呢？

故事由此戛然而止，接下来的故事无从得知，只因花之国忽然覆灭，徒留一片满目疮痍的废墟。

叶凡听着吟游诗人的传唱，纵使没有开启心眼观察过去，花之国覆灭的原因，他已能猜测一二。

"美好的事物，需要美好的心灵，方能承载。"他说。

破　灭

一

又一个世界破灭了，漫天的烈火从地底涌出，蒸腾了大海，熔化了山石，举目望去，一片炽热与绝望。

叶凡因迷路的缘故，未曾及时从破败的世界中撤离。此时的他，不得不硬着头皮，在滚滚的浓烟与岩浆中前行。

只见他一身白衣，哪怕是在悲凉的世末，亦显得飘然。无数烈火、岩浆意图侵损他的身体，但都在距他身外一尺之处，被一层若有若无的屏障所隔绝。

虽然安全无虞，但是这荒芜的世界毕竟不是久留之地。叶凡往前赶路的脚步又快了些。

忽然前方传来一阵垂泣，若隐若现的，是一个小女孩，对着大火流泪。

待靠近些，叶凡才发现那女孩的特别。粉嫩的脸上是精致的面容，那双忽闪忽闪、黝黑的大眼睛，是如此的不真实。

她仿佛是整个世界的遗孤，在最破败的时候，与叶凡不期而遇。

小女孩的眼睛挂着泪珠，她对叶凡说道："在这个世界我已没有了家，您能带着我离开吗？"

叶凡用双眸平静地注视了女孩一会儿，随即轻微地点了点头。

于是女孩高兴地拉起叶凡的手，一起走出破灭的世界。

遇见女孩之后，这个世界的灾难更频发了。一会儿火山爆发，一会儿大地震裂，各式各样的妖魔咆哮着朝叶凡奔来。

小女孩胆战心惊地扑向叶凡怀中，双手紧紧抱住叶凡，不敢向外张望。

可是，什么也没发生。

待女孩再抬起头朝外张望时，妖魔早已消失得无影无踪，只是叶凡的飘飘白衣，上面多了一丝焦黄。

终于，他们两人来到了破灭世界的边缘，再跨一步便能逃离这个破灭的世界。

这时叶凡止步，他对小女孩说："世界的尽头到了，你应该不愿随我一同离开吧。"

"什么？"女孩的脸色突变，完全没有了刚才的模样，过了一会儿，她震惊道，"原来你都知道了。"

叶凡说："你是毁坏世界的恶魔，因人心的丑陋而现。这个世界里的人重视外表的美丽，却忽略内在的纯淑，表里不一，心行有二。故而你生得美丽，内心幽暗，以破灭为生。"

叶凡言罢，小女孩转身消逝在漫漫烈火之中。

一叶障目

一

在星海偏隅有一多善国度，名曰常乐。

常乐世界丛生有两种树木，一树名曰悲伤，通体雪白，枝叶亦白。一树名曰欢然，通体珊红，枝叶亦红。

当常乐世界的人们遇到喜庆之事，欢快即将难以自制之时，人们会取来悲伤树上的白叶，将之障蔽双眼，并祝词曰："一叶障目，见叶而不见世界，喜悦如叶，亦复如是。"

当人们感受到痛苦，即将被悲伤淹没之时，人们会取来欢然树上的红叶，将之障蔽双眼，随之祝曰："一叶障目，见叶而不见世界，悲伤如叶，亦复如是。"

常乐世界的人们缘何会如此？一切只因一叶障目，见叶而不见世界。对人而言，若他的目光只盯着一片树叶，那么整个世界便在顷刻间狭隘到只剩树叶。

爱恨喜悦悲欢，亦如障目之叶，使人唯见爱恨，不见世界。

由是进退失据、举止失当、乐极生悲、怒极酿祸、恨极泛怨、悲极绝望。

常乐国度的人们，之所以能得常乐，莫过于能知止足，每每喜悲难以自制，见叶自警。

舀　荷

一

　　在星海偏隅有天上仙人，怜惜人间多有晴雨，设有舀荷之童。

　　舀荷之童，手持莲蓬形状之瓢，司职从人间舀起过分浓郁的喜悦以及悲伤。

　　依职责故，童子们分为两队，一队名曰持喜，手持红色蓬瓢，专事从人间舀起过分的喜悦，一队则名曰离悲，手持冰蓝蓬瓢，则从人间舀起多余的悲伤。

　　每每舀荷完毕，持喜童子会将过分的喜悦装入玉瓶，玉瓶随之变得绯红。而后，持喜童子再将绯红色玉瓶陈设于晴雨阁楼之南，背阴之处。

　　离悲童子，则将过分的悲伤装入玉瓶，玉瓶随之变得海蓝。而后，离悲童子再将海蓝色玉瓶安放于晴雨楼北，向阳之处。

　　每每喜悦、悲伤积聚足够，仙人则于晴雨楼顶，燃紫色火焰，将红色喜悦和海蓝色悲伤，一焚而尽。

　　焚尽喜悦与悲伤后，这天上与人间，便是格外的晶莹与剔透。就仿佛人学会了释然，自然又有宽阔。

　　某日，有好奇之持喜童子，欲知悲伤颜色和形状，于是在焚烧之前，悄入晴雨楼北，开启一瓶悲伤，将之缓缓倾倒。

　　令童子感到惊奇的是，久置之后的悲伤，海蓝色缓缓褪去，冷意亦随之流逝，反而隐隐有喜悦之温暖与红彤。

童子自以为错觉，于是连开数瓶悲伤，通皆如此。

童子又入晴雨楼南，开启数瓶喜悦。这一次，他发现曾经绯红色的喜悦，亦渐冷却消散，隐隐有悲伤的形状。

持喜童子大惑不解，于是入殿向仙人请问：

"智哉上仙，我入楼北，

开启悲伤，反见喜悦。

又入楼南，启悦见悲。

缘何喜悦，久置成悲。

又复悲伤，释然为喜。

人间喜悲，缘何互换？"

仙人闻而答曰：

"人间见识，以得到为喜悦，不愿释然。

久之即成挂碍，越久则成束缚，被束缚则有悲伤，不能自已。

犹如飞蛾扑火，意欲取暖反成灰烬；亦如疯狂的情爱与互相折磨的婚姻；再如身处卑微时渴求名利，功成名就之后，不愿释然而有傲慢，无法自制，反成错路。

以是之故，悲伤本是浓郁过分的喜悦。

反之，喜悦亦是释然而后的悲伤。"

梧桐世间

一

梧桐，谐音无痛。世如其名，彼世间人寿悠长，无苦痛。在那里，人们的寿命以万年计，河流里自然流淌着甘露，种种华贵美丽的服饰，亦从树上生长出。

梧桐世间，人人和睦，没有战争，亦无暴力。

国与国之间的争端，通过文字相辩来解决。并且文字里，绝无丝毫谩骂、粗鄙之语，而是通过种种巧妙比喻，委婉地阐明道理。待道理清楚后，理亏的那一方，总会心悦诚服地献上国书，表示遵从。

而国之下的黎民百姓，彼此发生纷争之时，亦以说理为主。只是言辞相较国体，略显憨直。

绝大多数时候，百姓们都能在互相辩论中清楚道理，理亏者羞而自退。

极其少数时候，辩论双方各执一词，互不相让，若有一方失心，破口骂人。此骂言一出，群众皆惊。妇幼听闻，惊骇欲哭，长者得见，愤呼失德。而骂人者口出恶言之后，当下便会生出极大的悔过与内疚之情。他们会自觉无颜面见父老，然后默然退出，把自己锁在屋子里，十年、百年不外出，以此谢罪。

后有极恶少年生于梧桐世间，他成人之后，任性妄为，常与人争执，偶尔骂人。

最初，当少年破口之时，众人无不惊骇，都希望他自己能悔过谢罪。少年虽内心愧疚，却并没有悔过之举。

如此一年之内，少年竟骂人三次，举国震惊。他方国使亦来书信，表示哀悼。此国之大不幸，令国王倍觉痛苦，其啼泣于太庙三日后，召来群臣商议对少年的惩罚。

有残忍之臣建议，打少年三棍，以示惩戒。国王闻言大惊失色，表示那少年虽然罪大恶极，可打三棍是不是太严厉了些？

又有大臣提议，将三棍减为一棍。国王依旧不忍，毕竟棍棒加身，让人痛苦。

正当群臣犯难之时，有智长者提议，可改棍刑为当众剃须。剃须无痛，却能使之羞愧难堪，进而能使之端正身心。国王闻言称善。

被施予剃须的少年，果真羞愧难当，自此以后，终生不复破口。

而彼世间因人心柔软，不愿意他人疼痛之故，于是人人终生无痛。

泪 瓶

一

在叶凡途经的世界里，有一个国度，那里"苦"与"乐"是同一个发音。"涕泪"有时表达欢乐，有时表达痛苦。而"大笑"既能表达"开怀"，又能表达"苦涩"。

正因如此，那个国度的人们看见想要关切的人哭泣时，时常不知如何应对，因为不知其哭泣是表达痛苦还是快乐。

于是人们随身都会携带眼泪形状的玻璃瓶，当遇见他人哭泣时，会默默地将他的眼泪装进玻璃瓶中。

而后，人们会将装满泪水的玻璃瓶递至哭泣之人面前，并小声询问道："仁者的眼泪，是苦还是乐？"

因苦乐同音，哭泣者通常默然。

若眼泪是因喜悦而流，他会婉拒人们递上的玻璃瓶，玻璃瓶随即被丢弃。若眼泪是因痛苦而流，他则会默默地接过玻璃瓶。

在那个世界有一处湖泊，名曰"苦海"。

当一切都已时过境迁，痛苦与怨恨都被放下，人们会将盛有自己眼泪的玻璃瓶打开，然后把眼泪倒入苦海。

至此，痛苦、怨恨的泪水因释然而流入苦海，而人则在苦海岸上。

月　蚁

在星海偏隅处有一粗糙人间，火蚁群聚其中。

火蚁者，因内心刚强、嗔火难息故，通体显赤色。

其性好争，遇食则抢，少壮常得食，老弱常饿死。恰因如此，蚁心多畏，群蚁为求自保，常无所不用其极，如此火蚁世界则无道德礼仪，以武力为尚。又因崇尚武力故，变本加厉，进而加重了火蚁间的争斗。

如此循环往复，火蚁们在伤害与被伤害间，世代痛苦难以止息。

那一天，月蚁王在火蚁群中诞生，彼时恰逢皓月当空，月蚁从枝条横杂的蚁巢间隙里，一眼望见璀璨的月光。那一眼在它心中种下一片皎洁。

月蚁成年后，一改火蚁的残暴心性。它身强力壮，却不抢夺，反而号召同伴协力取食，而后由它公平分配。久之，新蚁聚集环绕于它身旁，由其领导，公允分食。

而后，月蚁定下安心策，留食赡养老弱病残。由此群蚁心归，为捍蚁巢，常舍身无畏。

再后，月蚁立尊卑之序，建礼仪等级。依为蚁巢贡献多寡，划分品级荣誉。上品蚁受上赏，行于道路，下品蚁需避让之。由此，群蚁狰狞之心有了正确引导，纷纷将内心的好斗归化于知廉耻、捍荣誉。

如此百千代过去，月蚁王带领的火蚁群不断净化自心，内心的嗔火之毒代代转淡，它们身体的颜色也渐渐变得轻盈，由赤红转为银白。

又因其一族世代有拜月之德，人们纷纷称呼其为月蚁，已是与当初火蚁截然不同的物种。

安宁钟

一

在无尽星海之中有一颗被噩梦所萦绕的星球，在那里，人们的夜梦之中，常有夜兽出没。

据说，夜兽以人心的恐惧与痛苦为食，所以梦中常变幻出种种让人畏惧的情景。

如果你恐高，那么夜兽便会在梦中化作险峻的高山。如果你害怕黑暗，那么在梦中浮现的便是让人冰冷窒息的黑屋。如果你畏惧蛇蝎，那么在梦中浮现的便是一次又一次被巨蛇围绕。

若是畏惧死亡，那么在梦境中你生生死死，生不知从何而来，死不知将往何去。就好比分离，一次次相逢过后又一次次别离。

这一切都是深刻的畏惧。因为深刻的畏惧，所以人们不敢在夜晚睡去。

每每入夜，人们都会围坐在炉火旁，一开始还互相闲聊，试图通过闲聊强打精神，可到夜深时，彼此便再也没有精神，一双双眼睛直勾勾地盯着呲呲作响的火苗，头颅不断下沉又抬起。

紧接着，一股微带着血腥味的邪风刮起，人如同无根的树木般倒下，直挺挺地昏死过去。

然后，又是一场噩梦，一场关于你畏惧什么，便会看见什么的噩梦。

待太阳重新升起时，醒来的人们往往浑身战栗，要么沉默不语，要么泪如雨下。

久而久之，人们受够了夜兽的折磨，发狂似的寻找解决办法。

有人提议在房屋的四周埋伏陷阱，可夜兽似乎无色无形，陷阱困不住它。还有人建议建造出一个密不透风的铁屋，人们住在铁屋里以防止夜兽入侵，可夜兽竟好似能穿墙入缝，在该出现的时候依旧会出现。

就在人们无计可施时，人们依据远古时流传下来的神话，在山林间找到了那口名为"安宁钟"的大钟。

在起源于无尽悠远岁月之前，经过代代口口相传，早就面目全非的神话里，"安宁钟"是一口能喝退魔鬼的大钟，只要在每每入夜时分响起，魔鬼便会因畏惧钟声而不敢靠近。

怀着将信将疑的态度，人们将"安宁钟"从深山里请出，并选了名力大无比的勇士，在入夜时分撞响安宁钟。

当钟声第一次响起时，天地寂静了。仿佛所有的音声都隐没，只剩下这清澈透亮的钟声响彻整个寰宇。这钟声上通九天，下及黄泉。

之前还在质疑的人们震惊了，这钟声仿佛也同一时间在他们心中响起一般，如此悠远，如此深邃。那一刻，人们都相信，"安宁钟"便是解药。

自从安宁钟每夜响起以来，夜兽便不再出现，人们因此睡眠安稳。

"钟声能喝退魔鬼！"人们欢呼，奔走相告。

与此同时，这世上多了一个撞钟人。

每每入夜时分都有撞钟人准点撞钟。可有些时候，撞钟人会觉得有些不对劲，似乎空气中弥漫着一丝气息，那气息虽然淡极，可仔细去感受依旧能察觉到血腥味，就像是夜兽的气息。

那一晚，撞钟人带着虔诚的心全神贯注地撞击着安宁钟，一声声清澈的钟声响彻他的心间，这让他平静欢然。

可忽然出现一个影子，是有什么东西闯入，撞钟人抬头一看，赫然看见夜兽庞大的身躯安坐在庭院之中。

此时的夜兽，没有了暴戾之气，相反它的面色很平静，它在倾听安宁钟声。

借着皎洁的月光与心间响彻的钟声，撞钟人壮起胆子问夜兽为何来此？难倒不怕钟声吗？

夜兽说："我本夜兽，食人恐怖，内心如火，无有休息，闻此钟声，心下安宁，快乐悠然，顿舍前非，不复旧恶。"

撞钟人顿悟：原来，钟声的意义不是喝退，而是洗涤。

忘川江

一

浩浩乎河流，悠远乎忘川。忘川江是星海之中的一条道路，它或虚或实，犹如一条玉带缥缈于虚空之中。它流经无数个星球、国度，将其串联成一串，这些流经之地犹如银线上稀稀疏疏的珍珠。

若是途经除了死亡之外少有忧愁的天上，忘川江水则虚若无物，缥缈空灵泛着仙灵之气。若是入于繁花国度，则江上起伏不定漂浮着无数花瓣。若是入于青竹国度，则江岸边清风竹涛绵延不绝。若是入于汪洋国度，则江水浩瀚，四望无边，胜过海洋。若是途经失去、离别、所求不得的人间，忘川江则如实厚重，以粗重的河水为流。

有的人间忘川江水清浅，不过稍漫脚踝，那里卵石遍布、鱼虾欢聚其中；有的人间河水激烈，犹如匕刃撞击河岸，溅射出一片碎点白星、云雾蒸腾、天上七虹；有的人间，忘川江水浑黄幽暗，无数夜叉毒龙蛰伏其中，伺机将河面上的渡人拖入深渊。

在忘川江上游有一处寂静空间，大不过方圆百里，那里的忘川江水比天上的凝重，比人间的要轻灵，似气非气，似水而非，恰是半虚半实间，河岸两边是峻峭的岩壁，流水湍急，不时有云雾彩虹蒸腾而起。

这寂静空间里，有一名诗者隐居其中。

诗者以诗为名，善谱诗篇。若日升，则有朝气勃勃、万物向荣之诗；若日落，则有倦鸟思归、天地寂静之篇。春之诗为花团锦簇，夏之诗则疾风骤雨，秋之诗名成熟收获，冬之诗是凛冽寂寥。喜之诗欢欣踊跃，悲之诗黯然神伤。

诗者，善写天上人间、日月星辰、春秋四时、人情冷暖。

寂静空间里，忘川江岸边不远处有大片茂密玄竹。玄竹竹质轻盈且防水，一年只长一节。每到春时，诗者便会用云车满载着上一年自己写好的诗篇运至竹林，用玉针略略破开竹壁，将折叠好的诗篇塞入其中。如此一连七日，藏诗于竹中。

待到了冬至，曾经被破开的竹壁已重新愈合，每一节密闭的竹节里都藏有一首诗篇。至那时，诗者便会背着玉刀坐着云车而至。他用玉刀砍下藏有诗篇的竹节，放置云车上一起运至忘川河岸一处高耸的绝壁上。

只见诗者以红绸为饰，系结于竹，随即双手捧着诗篇，在猎猎风中，伴随着忘川江水滚滚不息的咆哮声，一举将装有诗篇的竹节抛入连接无数世界的忘川江水中。

若竹节里装的是春之诗，诗者会祝祷，愿天上人间安乐美好，如春向荣。若是夏之诗，则愿天上人间刚毅果决，如夏骤然。若是秋之诗，则愿天上人间付出终得收获，如秋典藏。若是冬之诗，则愿天上人间能归于宁静，如冬无言。

如此的祝祷与投诗持续整整三日。

那时会有一些他方世界的善良神灵，悄悄隐匿于忘川江水中，他们会捡起自己中意的诗篇带回宫殿欣赏。更多的竹节则会随着忘川江水流入天上人间的各处世界。

有的竹节能流至极远处，甚至快到忘川江的尽头；有的竹节漂不过几天便搁置浅滩；有的竹节漂至天上，被天上的神明欢欣捞起；有的竹节流落人间，被忙碌的旅人随缘打捞；有的竹节会被破开，内藏诗篇得见光明；有的竹节则一生都不会被人拾到。

那些重见天日的诗篇，有人阅过之后豁然醒悟，收获甚大；有人阅过之后颇觉有趣，收获略小；有人阅过之后只感无聊，亦无损伤。

那天，叶凡恰好途经诗者的寂静空间，他见诗者年复一年、日复一日的举止颇有些不解，于是问道：

"仁者！仁者！您何故如此？

"您若是欲求此世界、他世界或天上人间无人不知，何必藏诗玄竹之中，随波逐流，沉浮无定。大可以请来风神雷师，以惊雷醒人耳目，用风将您的作品传播四海。

"您若是欲求寂静安乐，又何必如此日日操劳，写诗于锦、破竹藏诗、篇篇祝祷、投入忘川？

"既厌恶喧闹，又不归于孤独，这样的心意是不是自相矛盾？"

诗者闻后淡然一笑，他默默解开上衣，指着自己的心口说道：

"一切为的都是它吧！

"寂静的心意许多如此，既想要被了解，又害怕显得唐突，故而不去勉强，却总期待因缘时节恰然而至，使天上人间，阅后忘伤。"

叶凡闻言，作礼三拜。

不改童心

无尽星海翻腾不息，故事与人起起伏伏。

在星海偏隅有一处风的国度。国度里的人都太热爱自由，故纷纷舍弃身躯的束缚，化作天上各色的疾风。或赤橙青蓝，或明亮黯淡。

捏泡泡星

一

　　捏泡泡星如其名，在这个星球上生活的人，大多喜欢捏泡泡纸，并以捏得一手好泡泡为荣。也因如此，在那颗星球上，衍生出了诸多关于泡泡的事。

　　什么？来自域外的你可能会疑惑，泡泡捏得好，也能成为一种荣耀？没错，在捏泡泡星确实如此。

　　在那里，捏泡泡已然成了一门艺术。或许这恰是星际中流传的老话所说："只要怀抱着良善，世间的任何用心处，都能演化成一门艺术。"

　　在捏泡泡星，有捏泡泡色彩艺术家。那些艺术家将小泡泡染成各式各样的颜色，或大或小，如星辰一般罗列在黑色的泡泡纸上。

　　他们严格按照赤橙黄绿青蓝紫的顺序，依次将或大或小的泡泡捏碎。每当噼里啪啦的捏泡声响起，色彩艺术家们都会露出一脸陶醉的模样，仿佛内心得到了某种满足，仿佛他们与星辰、寰宇连接在了一起。

　　还有捏泡泡音律艺术家，他们会用特制的、细细密密的音律小泡泡纸演绎不凡的曲调。

　　那些纸上的小泡泡排列有序，每一行小泡泡被捏碎时都会发出不一样的声音，或清脆，或尖锐，或沉闷，或空灵。音律捏泡泡艺术家们便是用此演奏出让人心醉的旋律。

在光线较暗且隔音的小屋里，一束微弱浅黄的光照在泡泡纸上，紧接着捏泡泡音律艺术家们细腻的指尖翻飞，或挑或压，噼里啪啦，层层叠叠的泡泡破碎声流畅而出，在黑暗中的聆听者如痴如醉。

还有泡泡记录家，他们喜欢各式各样的记录，喜欢宏大的场景。于是他们建起三层楼高的巨大泡泡，里面灌满清水。人从高处跃起，朝着大泡泡直落而下。啪的一声，水泡炸裂，流水四溢，人也莫名爽快。真是消夏的好方法。

提起捏泡泡星，怎能不提他们的泡泡世界杯呢？

那是捏泡泡星四年一度的盛事。各国的诸多好手会组成捏泡泡国家队，整个赛程圈有三十二支队伍参赛，经过小组赛、八分之一决赛、四分之一决赛、半决赛、决赛，最后决出泡泡世界杯冠军，捧起象征荣耀的奖杯——大力泡泡杯。

能捧得大力泡泡杯，那是莫大的荣耀。多少泡泡迷们为这项赛事疯狂，看台之上，又聚集了多少人群在不断欢呼。

记得那一年，有记者采访了新出炉的泡泡世界杯冠军中的一员，记者问了一个关于整个捏泡泡星的家长们都担心的问题。

记者说："亲爱的泡泡世界杯冠军，最近有许多孩子不热衷捏泡泡了，他们踢起了所谓的'足球'，十几二十个人在草坪上围着个球跑，很多家长对此忧心忡忡，觉得孩子们有些不务正业，尽搞些不正经、不入流的东西。您对此有何看法？"

"哦，哦，这很有趣。记得小时候，我立志当一名诗人，但我的父母劝我说捏泡泡更体面，更容易被人尊敬，于是我成了一名捏泡泡家。事实证明他们说得没错。

"但我想，如果当初我没改变自己的志向，去当了一名诗人，也许我现在的生活会过得更好。

　　"所以，只要保持良善，重点不在于你做的是什么，而在于你做得有多用心。"

　　泡泡世界杯冠军如此答道。

家长再教育法案

在无尽的星海之中有那么一个星球，因那里的家长都缺乏梦想，整日胡吃海喝、醉生梦死，所以这个星球的管理者便施行了一条强制性的《家长再教育法案》。

法案要求星球里的所有家长，必须重新接受教育。每日工作完成后，家长必须抽出两个小时的时间用于班外培训。若是节假日，家长则必须抽出百分之七十五的休息时间用于培训。

培训的内容多种多样，有钢琴、书法、绘画等艺术类，也有插花、烹饪、推拿等生活类。

林林总总、丰富多彩，初衷莫不是为了激发家长们对生活的热爱，对远大理想的追求。而孩子们，则成了法案执行的监督者。

从周一到周五，孩子们会提前赶到家长工作的地方等候，接家长下班，而后挤进拥挤的公交或地铁，在家长们或许有意见的声音中，把他们送进培训班。

一旦家长进入培训班，孩子们则无所事事地等在门外，要么闲聊，要么玩手机。

若是家长在课堂上表现出彩了，孩子的脸上便会自然而然地浮现出骄傲的神情，在门外指着自己的家长对其他人说，那是自己的家长，马马虎虎，还可以。其他孩子们则一脸艳羡之情。

　　有时孩子们也会觉得家长太辛苦。每日除了上班，还要在班外时间去参加这样那样的培训。

　　尤其是周末，早上六七点钟，看着家长赖在被窝里泪眼婆娑，孩子的内心也泛起一圈圈涟漪。

　　可是有什么办法呢？现如今的社会竞争那么激烈，家长们再不分外努力，他们接下来的一生不就定型了吗？不就再难有进步了吗？人怎么可以如此没有"梦想"呢？

　　孩子们也是用心良苦。

　　虽然如此，不成器的家长们大多不理解孩子的苦衷。家长们说："我要自由，我要做我自己，我要自由自在地不被束缚着。"

　　孩子们则说道："你一个家长懂什么？我这是为你好，梅花香自苦寒来，你都已经这么大了，再不努力，梦想不就离现实更远了吗？"

　　绝大多数家长听了孩子的话，老老实实地听从安排。偶有几个特别有思想的家长，反问孩子道："强迫别人，是否永远比勉强自己容易？"

　　孩子听后生气地说道："你哪有资格和我说这种话？若是比辛苦，你能比我更辛苦吗？"

　　最后总是以可怜的家长泪流满面而收场。

分 月

一

相传，天下的猿猴都曾是暴戾、凶残的野兽，因厌倦了茹毛饮血的生活，憧憬人类安静祥和的生活，于是便奋力支起双足，学着直立行走，用芭蕉树叶编织成衣裳，将水果的种子撒向林间，学起了人类的礼仪。

久而久之，他们被称作类人。

那一天，在无尽的星海中遨游的叶凡，受邀步入了类人的国度。

那时正是中秋，人间庆贺团圆的节日。天上的圆月是如此闪耀，寂静的月光洒向山林。在林间的一处开阔地，类人们升起一团篝火。

他们用柳叶编织成蒲团，以林间的山石作酒桌，酒桌上摆满了各式各样的鲜果。叶凡在猴王的引领下，很快入席了。

紧接着一声轻啸，一名额头花白的老猴，笔直地站立了身子，一步一步迈着人的步子，来到篝火旁。

老猴身上不以树叶为衣，反而身着一身人类的衣裳，上红下绿，也不知是从附近哪个人类山庄拾来的。

群猴见老猴穿得如此郑重，纷纷息了声，躲在一旁不敢说话。

老猴站在篝火旁环视四周，见四周一片寂静，满意地点了点头。老猴随即优雅地躬身，朝着猴王与叶凡行礼。

猴王与叶凡回礼。礼毕，老猴轻咳一声，喝道："分月！"

随着老猴一声令下，四周早就准备好的小猴崽子们有序地排列而出。他们举起篝火中的火把，来到四周的嘉宾面前，用火把照亮了嘉宾的酒桌。

紧接着，一尊巨大的由山石制作成的酒鼎，被猴群抬过来放在了原来篝火的位置。

酒鼎里是山中百果珍酿的酒水。那酒水绿莹莹的，充满了果物与晨露的清香。天上的圆月直照酒鼎，酒鼎里是另一个月亮。

然后，群猴们以椰树壳为酒樽，在清寒月光的见证下，一起分月。

只见巨大的酒鼎里有一个巨大的月亮，而在群猴手中，每一个酒樽里都有一个小月亮。

这是类人的分月仪式，是他们的最高礼仪。

小猴将一个酒樽递上酒桌，叶凡举起酒樽一饮而尽。在群猴的围绕中，赞了一声好酒。

群猴见此乐得喜笑开怀，纷纷高兴地在场中手舞足蹈起来。

"礼仪！礼仪！"老猴见此，连忙大声提醒。他生怕自己的小猴崽子们给远方的客人带来不好的印象。

叶凡见此，微微一笑，并不怪罪。

"不知客人此行可还满意？"末了，老猴忐忑不安地问叶凡，"不知为人的礼仪，我们做得不够之处还请您指点？"

"为人的礼仪永远也没有尽处，只要秉持着谦逊与善良的心，永远值得被尊重。"叶凡如此回答道。

类人们闻言心中顿感温暖。

松鼠无志

一

　　在无尽的星海之中有一颗平凡的星球，星球上有一片茂密的松树林，林中生活着许多松鼠，其中有一只叫"无志"。

　　鼠如其名，无志是一只没有远大志向的松鼠。他不关心日月星辰，不好奇太阳为何升起，月亮如何圆缺，不向往诗与远方，从未迈过眼前的青山，不知青山背后的世界有什么，也从未有过一次没有目的地的流浪。

　　他也是一只充满畏惧、时刻恐慌着的松鼠。自打幼时母亲的一次疏忽，晚了一会儿喂他，让他第一次感受到饥饿的滋味以来，他的一生便笼罩在对饥饿的畏惧之中。

　　在无志的眼中，饥饿是世上最可怕的事。

　　为了不再感受到饥饿，自成年以后，他的一生是如此操劳。每天天不亮便早早起床，从一棵树上跑到另一棵树上，直到晚上树林陷入黑暗，蛰伏的野兽开始出没，他才精疲力竭地躲入树洞里休息。一日复一日，从未懈怠。

　　如此的辛苦，总归是有回报的。无志储藏的食物格外丰盛，春天他有百花的晨蜜，夏日有早熟的桃李，到了丰收的秋季，他采摘的食物便更多了。每每其他松鼠造访，无志得意地端出一点点自己的珍藏时，都能赢得其他松鼠艳羡的目光，那便是他最高兴的时候。

在其他松鼠眼中，无志的鼠生已经圆满，因为他所拥有的如此之多。可是还有寒冷无食的冬天，因为无志实在太害怕饥饿了，所以他把吃饱当作鼠生中最重要的事，绝不允许有任何差池发生。于是尽管无志已经收集到了足够多的食物，但他依旧每天忙忙碌碌，让自己储藏的食物，多一点，再多一点。

终于凛冬降临，天上降下了鹅毛大雪，使整个松树林披上了厚厚的冬装。无志躲在树洞里烤着火，四周全是吃不完的山珍，他心满意足地笑了。望着树洞外萧瑟的世界，他舒舒服服地打了一声饱嗝，"舒服啊！"他懒洋洋地进入了梦乡。

兴许是靠近火堆的关系，无志做了个有关火的梦。在梦里，一场大火肆无忌惮地燃烧着，烧毁了他所有的存储，他看着熊熊烈火，在一旁无助地、声嘶力竭地大喊着。

"不要啊！我的食物！"无志从睡梦中哭喊着醒来，双眼泛着泪痕。

自那一梦后，无志陷入了不能自拔的恐惧与忧虑之中，他实在太害怕存储食物的树洞着火了。那里存放着他所有的身家，他宁死也不愿失去。

如此的担忧并没有随着时间流逝而减少，反而与日俱增，让他坐立难安。终于，在一场特大雷电过后，备受煎熬的无志决心冒着冬日的严寒，将储藏的食物转移一部分到另外的地方。

"只要转移一部分，那么便可以心安了吧。"他喃喃自语道。

于是，在所有松鼠都躲在树洞里温暖过冬时，最富有的无志反而冒着寒风，一边瑟瑟发抖，一边搬运食物。

然而当他只搬运了一半时，无志发现了一件糟糕的事。原来无志实在是太爱存储了，他在树洞里堆积了过多的食物，食物一层压一层，严丝合缝，密不透风，最终导致在树洞底层的食物因挤压、发酵而腐烂变质，不能吃了。一下子，无志损失了一半的食物。

　　无志望着腐烂的食物，彻底崩溃，在冬日的冷风中坐在食物旁号啕大哭。尽管除去腐烂的食物，他所拥有的依然比其他松鼠要多得多，可他的悲伤仍然那么大。

巨人国

一

在层层叠叠的星海之中，有一个巨人国度。巨人国的国民身材都异常高大、魁梧，让他方国度的人们心生敬仰。

然而在很久之前，巨人国其实是矮人国，国度里的国民身材也很矮小。因为身材矮小，矮人国的国民没少受他方国度的嘲讽。

后来一名从远方星域降临的贤达，为矮人国播撒下了幸福、成长的种子。

那名贤达教育矮人们要言行如一，要勤奋诚恳，久而久之，幸福便会降临，身形也会高大。国民们都听从了他的教诲，于是整个国家越来越美好，人们的身形也越长越高。

终于，曾经的矮人国不见了，取而代之的是四方国度都敬仰的巨人国度。贤达看着自己的成果，满意地点了点头，随即飞向了其他星球。

而巨人国的国民们则安定快乐地生活了下去，一眨眼便是几千年。

后来巨人国度里诞生了一位国民，他叫口舌。口舌十分能言善辩，可十分懒散，不愿亲力亲为地去劳作。

"为何不说些言行不一的话去欺骗世人，以换取丰厚的回报与名声呢？"口舌心想。

口舌是那么想的，也那么做了。

于是在某一天正午，口舌穿戴一新，花枝招展地站立到城镇的大街上。只见他先是手忙脚乱地一阵敲锣打鼓，口中疾呼着"言行合一，勤勉为人，踏实肯干"的口号，口号声将人群给吸引了过来。

眼看着围观的巨人越聚越多，口舌强压下内心的紧张，对巨人们宣讲起了贤达曾言过的道理。

口舌说的道理都是正确的，比如要努力工作，比如要孝敬师长，比如要言行合一。可口舌的身躯是懒惰的，他只说不做。更过分的是，为了获得别人的崇拜，他还谎称自己已经实行了，并且做得非常好。

巨人国里的巨人们都是言行如一的君子啊，也是这个缘故，他们对于口舌的话语未曾有丝毫的怀疑。巨人们听见口舌"做"得如此多、如此好，纷纷自叹不如，内心觉得很惭愧，觉得自己做得还不够多。

于是巨人们将自己珍贵美好的衣食献给口舌，用以表达自己的敬佩。随即转过身去，更加勤勉地去实行。

口舌得到了众人的衣食，大快朵颐了一番，心满意足地回到家中，沉沉睡去。

这一睡便是千百年。

当口舌从昏沉中醒来时，一切都变了。曾有的巨人国不复存在，取而代之的是一个名为超巨人的国度。

超巨人国度里的国民，比之巨人国，身形更加高大了，就像高山一般。相比之下，口舌的身形便太矮小，小到像个跳蚤一般。

见此情景，肚中饥饿的口舌内心焦躁，原先只需步行十分钟便能抵达的大街，如今他跑了三天才抵达大街边缘。

为了换取别人的衣食，只见他在大街边缘奋力疾呼，大喊："我是口舌，你们要言行合一！要勤勉为人！要踏实肯干！"

可相比超巨人国度里的巨人们，口舌的身形实在是太矮小、太微不足道了，任凭他怎样扯破嗓子喊，都没有人听到他说话。

如此过了许久，终于，街边玩耍的超巨人国的孩童见到了街边如跳蚤一般蹦蹦跳跳的口舌。

超巨人国的孩子们趴下身来，仔细打量着口舌，互相戏谑道："这是哪里来的小跳蚤啊，怎么那么像人?"随即一个弹指，将口舌弹飞老远。

蒲公英

一

在无穷星海之中，有一簇蒲公英星群。

为何旅行者们将其称为"蒲公英星群"呢？原因有三。

首先，整个星群并非只有一颗孤独的主星，相反，它是由许多密密麻麻、难以计数的小星星组成。站在星际外远远望去，星群点点缀缀的样子就像一株无比巨大的蒲公英。

其次，蒲公英星群的每一颗小星星上都生长着茂密的、健硕的蒲公英。那不是寻常能见到的蒲公英，它的底部如水桶一般粗细，高则有两三个成人叠站起来那般高。

最后，星群里的分别就像是蒲公英的种子。

每当孩子们将要成年时，父母都会为孩子们准备一把漂亮、结实的蒲公英大伞。等风至那一天，孩子们会攀爬上茁壮的蒲公英伞顶，然后撑开大伞，借着越来越猛烈的风升上天空，随后飘向星群里的其他星星。

孩子们将会在他们所降落的新星星上成长、生活，这是蒲公英的离别。

年少的孩子们总是志得意满，期盼着成长，不识得离别的滋味。他们总是满心欢喜地看着自己五彩斑斓的大伞，如盼星星盼月亮般期许着疾风降临，好让他们借着疾风飘向其他星星。

终于，那天起风了。离别的呼啸声响起，不识哀愁的孩子们大多兴冲冲地爬上巨大的蒲公英伞，脚踩在花团顶上，瞪着大眼睛等待风的召唤。

风越吹越大，越吹越急，终于突破了某个阈值。只听不知哪个角落里传来一声"可以了"，随即密密麻麻的开伞声此起彼伏，孩子们紧握着大伞，缓缓飞了起来！

那是怎样的一种场景啊，天空中密密麻麻地飘荡着五颜六色的小伞，远远望去，就像是蒲公英随风播撒着它的种子，还是五颜六色的小种子。

孩子们大多一个接一个地飘向天际，然而有一名孩子唤作留恋，他没有撑开父母为其准备好的大伞，反而是趴在蒲公英伞顶上，久久不愿离去。

留恋的父母见此，连忙出言宽慰："走吧，孩子！走吧，未来的路我们无法陪伴，你总要一个人去远行。以后有机会，你还可以常回来看看。"

听了父母的劝慰，留恋才鼓起勇气撑开大伞。随即一阵大风让持着大伞的他缓缓飘向天际。那大伞飘啊飘啊飘，越飘越远，他的身影也越来越模糊。

直到再也看不见留恋时，父母眼里的泪水才如泉水一般淌下，因为久经世事的缘故，他们更懂得离别的含义。

起风了

寂静平淡的小村外，跨过纵横交错的农田有一处不小的草原，那里人迹罕至，却住着一位怪叟。

老叟大抵七八十岁的年纪，终生不曾婚娶。按照村里人的说法，安分守己的农家人当以务农为本，一辈子波澜不惊才是。老叟却是个例外，他自小性格孤僻，不爱与人言语，整天就喜欢鼓捣些类似机关的古怪玩意，如此自然没有姑娘愿意嫁他。好在他性子也孤僻，对此也不以为意。

他的父母死后，他便搬出了村子，一个人在人迹罕至的草原里搭了间破屋。自那以后他便更孤僻了，只有村里的老者会在闲聊时偶尔提起他。老者们都说："这真是个怪人呐。"

可是最近不知怎的，老叟的声名在村里的娃娃们的中间传扬开了。原来是不久前一位顽童骑着牛往草原深处探险，无意间竟发现了老叟在干一件大事。

"是大船！能在草原里开的大船！"顽童回村后一个劲地炫耀自己见到的事物。这一宣传不要紧，娃娃们的好奇心被激发了起来。

没过多久，娃娃们终于按捺不住自己的好奇心，结伴向草原的深处探寻。当爬过最后一个小坡后，映入他们眼帘的是一艘别样的大船！

这船就像是河里见到的船一样。在草原的深处寂静地停放着一艘大船，高高翘起的船艏，用木板拼接起来并打磨光滑的流线型船身，平整的船尾。最让人觉得意外的是大船的桅杆与风帆，桅杆实在是太高了，风帆也实在是太大了，和河里见到的船完全不同。

老叟对不期而至的访客并没有拒绝。他麻利地收拾了散乱在四周的废料，而后挺了挺腰杆指着大船介绍道："喏，大船。"

金灿灿的夕阳均匀地洒在大船上以及他布满沟壑的脸上。他爱怜地看着眼前的作品，眼中满是说不出的喜欢。而孩子们则是惊呼。

"它能动起来吗？"孩子们好奇地问。

"当然！"老叟言辞坚决，他指了指大船上的桅杆道："等风至那天，它能乘风而飞！"

孩子们的眼里充满了期待的小星星。孩子们在绕着大船看了一圈又一圈后与老叟约定风至那天再来。

带着期望的等待总是显得漫长。终于风至那天到了，出现在孩子们眼前的是一艘崭新的大船。那高高翘起的船艏上甚至还挂了一块崭新的红布，用以庆贺这一天终于到来。

"你们来了。"穿戴一新的老叟说道。

孩子们到了之后没多久，在遥远的天空中忽然传来一声巨响，那是风的声音。紧接着一道看不见的气流从某个原点升起，草原上茂盛的野草全都向一边倒去。

老叟眯着眼睛感受着风的气息，只见他像是演练过无数次般熟练地升起风帆。风声呼啸着将风帆扬起。

在孩子们的惊叫声中，风越来越大了。

终于到了某个临界点，大船微不可察地轻颤了一下。老叟把控风帆的双手握得更紧了。

"要动了！要动了！"孩子们的声音越来越大。可风并没有回应孩子们的呐喊，只见那风好长一段时间让大船停留在那个将动未动的状态。仿佛就差最后一点风一般，船身如此反复颤抖了几次，最后竟然在原地停了下来，风也渐渐地变弱了。

孩子们失落地离开了。老叟佝偻着背坐在船上沉默不语，金灿灿的夕阳均匀地洒在大船上以及他布满沟壑的脸上。他爱怜地看着眼前的作品，眼中满是说不出的忧伤。

那一天，他很晚才睡着。就在他好不容易睡着没多久，一阵阵"砰砰"的敲门声将他惊醒。

他睁开眼睛发现不仅是门窗，就连整个小屋都在晃动，都在吱呀作响。仿佛是冥冥之中收到了什么信号，他飞快地跳起，拉开门，迎面而来的是难以形容的狂风，吹得他几乎无法站立。

"起风了！起风了！"他兴奋地大喊，如同一个孩子一样。

只见他艰难地移步到不断剧烈颤动的大船上，然后用尽全身的力气将风帆扬起。

"乘！！！风！！！！"他声嘶力竭的声音在暴虐的狂风中若隐若现。

昨夜真是让人心悸的狂风呢。经历了一整晚狂风的小村庄显得有些狼藉。人们互相感叹着昨夜那一场毕生未见的大风。不知怎的，闲聊的人们突然想起了独自一人住在草原里的老叟。

大人们决定去草原里看看老叟的情况。等他们到草原深处时才发现只剩下房屋的碎片，老叟不见了，连同他一起不见的还有孩子们口中说到的大船。

沐风人

一

在星海偏隅有一处风径人间，之所以名为风径，全因在人间的高空中，存在着一条条看不见的风路。无论是人、树木还是山石，只要能进入高空中的风路，便会被厚重的风包裹，顺着风路蜿蜒，环游世界。

沐风一族便居住在风径人间，他们生而爱风，自诩为天上风神后裔，以风为名姓，将风青之色视作尊贵，就连房屋、建筑、衣服、配饰之上，也常印刻有风纹。一切只因风是自由的吧？一旦提及，心生向往。

天上的风神似乎也知人间的向往。每隔五年，便会有一阵颜色青玄、犹如实质的倾世疾风，从虚空外溢落人间，缓缓流经沐风主城。那青玄之风疾烈，有摧枯拉朽之势，似乎眨眼间便能将沐风族人抛至人间的风路上。每至彼时，沐风一族的年轻人便会削砍玄木为骨、编织金丝成布，四角挂以铜制风铃，制成一架架硕大的风筝，然后他们将自己绑在风筝上，静候风来。

沐风主城千里外有青玄山，是倾世疾风最先溢落人间之处。每当风落将近之时，便有沐风族人看守等候。

风落时，起初只是一阵微风落下，犹如平常，看不出丝毫异样。不多时，虚空外便会传来一声若有若无的叹息，进而仿佛有人将一杯凝固成液体的风酒缓缓倾倒，于是在人间天空的边缘，泛起一丝丝青玄色的风气。

看守人眼见青色玄气，便急忙赶至望风台，升起早已准备好的狼烟。当他升起狼烟不久，风台上便疾风大作，使人东倒西歪。更远处的望风台眼见狼烟，心知风至，也将狼烟燃起。就这样望风台的烽火相传，与青色玄气竞速。沐风主城能提前半日得知玄风将至的消息。

一旦主城中央的望风台狼烟升起，沐风人便会停止手中一切事务，赶回家中用车载着风筝，井然有序地驶向城郊外的望风坡，等待疾风。

风至，风至，望风坡上望风将至。

人群汇集不多时，便见远方的天空隐隐泛有青光，望风坡上前奏风起，吹得人们衣袍飘飘、劲草折腰。

此时绑在风筝上的沐风人，有的一脸凝重地望向天空，心中似有百千思量，对父母的叮咛他们听而不闻。有的沐风人则一脸嬉笑，云淡风轻地宽慰父母，小事一件，无须忧虑。有的沐风人则三五成群，彼此探讨着将要领略的风光。还有的沐风人则成双成对，彼此互相凝望。

玄风主体似缓却急，没多久从天边流至望风坡。坡上风渐疾烈，呼的一声，风暴响起，望风坡瞬间被青色玄风围绕，狂风呼啸，飞沙走石，人们东倒西歪，站立不稳。

"升月！"主祭的沐风人眼见青色玄风，便将风筝比作天上弯月，大喝一声："升月！月将起！"

命令下达后，已站立不稳的人们纷纷勉强解开风筝上的铁链，然后匍匐在地。

嘭嘭嘭，犹如降落伞开伞声一般此起彼伏，一架架外形相仿的风筝成片升起，飘向天空，挂在其上的风铃叮当作响。

只不过风筝上依旧有一条钢索连至地面，它们飘而不远，悬浮在空中。风尚不够烈。

再过一阵子，玄风越来越疾，望风坡上青色浓郁，仿佛凝固了一般。

此时已是天旋地转、山呼海啸。风凝若墙，硬生生地撞击着沐风人的脸，使人无法睁眼，就算睁开，眼前亦是一片模糊，能见度不过一米。同时沐风人亦无法言说，就算是声嘶力竭地呐喊，在暴虐的狂风中亦若蚊鸣。

风至，风至，望风坡上风已至。

主祭心知此时疾风最烈，艰难地爬到不远处提前备好的木箱旁，轻轻掀开木箱一角，顷刻间，木箱便被狂风吹散、不知去向，随后暴露出其中一面巨大的铜锣。青玄狂风犹如实体的木槌，不断撞击铜锣，使其发出锐利的响声。

铜锣声随着青玄狂风散开，天空中的沐风人，心知时至，艰难大喝一句："大风起兮！"沐风人纷纷解开绑在风筝上的钢索。

嗖嗖嗖，一阵阵破空之声响起，似流星赶月，又似追风逐电，一架架风筝挣脱了束缚，眨眼间冲天而起，冲向人间的风路。

风路中的整个世界突然寂静。四周缓缓流淌着犹如实质、暖如阳春的仙灵风气，风路中一架架或完整、或残破的风筝徜徉其中，劫后余生的沐风人擦掉额头上的冷汗，彼此相视一笑，他们乘着风，在风路中缓缓流浪。

风的国度

—

在星海偏隅有一处风的国度。国度里的人都太热爱自由，故纷纷舍弃身躯的束缚，化作天上各色的疾风。或赤橙青蓝，或明亮黯淡。

风的国度里没有日月星辰，没有大地海洋，没有山川河流，更没有村落，没有城邦，没有国家，亦没有边境。

国度之人，没有人情世故，没有婚丧嫁娶，没有所求，亦无所失，没有自谦，亦无自傲，没有自大，亦无自卑，没有文字语言，彼此亦无误会。

唯一所有的，是自由的形状，是天上千万缕风。

有时两缕风彼此擦肩而过，互相绽放清澈光明。仁者当知，那是两位故人，相逢而后分离。

星　鲸

一

眼前的情景有些似曾相识，上一次遇见似乎是在三十万年之前。

岁月岁月，悄悄茁壮成长，心亦沧桑。

叶凡望着虚空中欢快遨游的鲸鱼，一下子忆起了三十万年之前。

在三十万年前，世界刚刚破灭，幼小的星鲸是洪荒里唯一残存的生灵。

在焦黑破败的宫殿里，在满目疮痍的星空下，稚嫩的星鲸满身伤痕、举目无亲，她趴在月亮宫殿的王座上，对着无边无际的虚空黯然。

那时叶凡一身风尘，途经星鲸身旁。他看见星鲸懵懂而又深邃的眼神，内心一阵触动。

也许是惊讶于生命的顽强，也许是感叹分离的哀伤，他拿出上个世界残存的乐器，一支十九孔的长箫。在残破的、泛着浑黄光芒的月球上，轻奏起一曲离别的曲调。

那声音，凄凄惨惨，悠远绵长，仿佛浸透三世苍凉、生死洪荒。星鲸闻着箫声，漠然不语。

一晃眼，三十万年过去。

破灭的世界渐渐恢复生机。时间抚平了满目疮痍的大地，坚硬的顽石细碎成沙土。第一株绿色植物打破死寂，悄然生长。然后千树万树，茂密勃发。大地龟裂出山泉，生灵悄然繁衍生长。

是轮回！又一次轮回！

叶凡漂浮在世界顶峰上，寒凉的气息袭来，尽管空气里依旧残留着若有若无的三十万年前世界破灭时的灰烬，可大地已没有了曾经的荒凉，反而绿意盎然，鸟语花香。

是轮回，又一次轮回。

感慨的叶凡拿起上个世界的长箫，弹指间，十九孔的音律悠远绵长，曲调恰是世末时的沧桑。

寒凉的虚空中，繁华的月亮宫殿，突然开始震动。紧接着，一阵星鲸的鸣唱应和着似曾相识的箫声，由远空渐近。

是星鲸，三十万年前曾共听一曲的星鲸，循着熟悉的曲调，跨过星辰大海奔赴而来。

再相逢，已是隔世人。

岁月岁月，悄悄茁壮成长，心亦沧桑。

三十万年的光阴，星鲸已不复当年的幼小。她的身躯变得巨大无比，轻而易举地占据了大半片虚空，一个打挺便能让半个星球陷入黑暗。

而叶凡面目依旧，亦如三十万年前的少年模样。

这一次，虚空中飘浮着重新完整的月，叶凡演奏着同样的长箫，星鲸则欢快地遨游于星空之中。

似曾相识的情景，依稀给人一种错觉。若不是这世间如花般一枯一荣，若不是这月亮的一缺一圆，若不是星鲸的喜悲变幻，三十万年的光阴，仿佛便发生在昨日。

　　"三十万年，我未曾改变，仁者却已沧桑。"奏罢，叶凡感叹。

　　三十万年的光阴，曾幼小的星鲸变得巨大。可能是故人的箫声勾起了她的回忆，此时此刻的星鲸眼神纯真，亦如三十万年前的模样。

　　只见星鲸在虚空中不断绕着叶凡游荡，时不时翻转挺身，舒展着她的翅膀。

　　"你在邀请我吗?"叶凡突然明白了她的心意。

　　回应叶凡的是一声欢快的鸣唱。于是叶凡跃身坐在了星鲸的背上，接受了邀请，在星鲸的带领下，参观属于她的国度。

　　星鲸的国度是何其漫漫。

　　一直往东，那里有一条风铃降成的瀑布。只见一个个大小不一的风铃，从无尽悠远的深空飘落，一个接一个地交织成了瀑布，风铃组成的瀑布。

　　那一个个风铃交错着，发出此起彼伏的乐声，清脆、透亮、悠远、绵长。让人听过之后，仿佛忘却了忧伤。

　　星鲸环绕风铃瀑布三圈，然后向南，在那边有一条紫藤花流成的河。

　　一朵朵颜色艳丽的花儿啊，沿着河道从望不见的彼处流来，又朝看不到尽头的远方行去。那不是世俗的紫色，浓厚僵硬，反而在那紫色的光泽里透着恬淡、优雅。

　　清新的花香，淡淡地弥漫在整片河流上空，让人闻过之后，似乎没有了烦恼。

　　星鲸沿着紫藤花岸飞了万里，而后再向西，途经巨人国度。

　　巨人的身躯如山岳一般，他们用连片的森林作衣帽，每走一步，大地似乎都微微震动。可相比于星鲸的硕大，巨人依旧显得瘦小，反而像个小矮人一般。

硕大无比的星鲸穿行过巨人国度，在大地上留下恢宏的鲸形身影。

巨人们见此情景都诧异极了，纷纷成群结队地追赶着天上的星鲸，就像是孩子们在一片广袤的原野上，追逐着天上巨大的云朵。

再向北，那里是矮人的聚集地。

在狭小的土屋里，矮人们邋遢着胡须，一边喝着劣质的麦酒，一边将酒气吐在烧红的铁器上。叮叮咚，是铁器与熔岩的碰撞之声，这一声声锻造之音响彻小屋。

忽然，世界没缘由地变得灰暗了。矮人们太小，看不见虚空上翱翔的星鲸，不知道这黑暗是星鲸的影子。

这让他们感到恐惧与无助，纷纷跪倒在地，祈求天上的神让世间重现光明。

如此的黑暗持续了整整七个日夜，也在矮人们世代传唱的史诗里，留下了浓墨重彩的一笔。

终于，在游历了四方国土之后，星鲸与叶凡再一次来到三十万年前初遇的地点。

那是这个世界的尽头，再多踏足一步，便是另一个世界，一个不属于星鲸的世界。

在世界的尽头，种种光怪陆离的景色都褪去，剩下的只有深邃的黑，让人感到压抑、沉闷。时间仿佛也因此停止。

"你的世界很美好，可我有心愿在身，要去下一个世界，开启另一种可能。"叶凡终于要和星鲸告别。

面对离别，星鲸沉默不语。

"终有一天，你也要走出自己的世界，去寻找另一种可能。毕竟沉溺于自己的世界里，无法躲过轮回。"

一提起轮回，星鲸便哀伤起来。

临别时，作为相遇的礼物，叶凡拿起上个世界遗留的器乐，轻奏起一阵离别的曲调。

那声音，凄凄惨惨，悠远绵长，仿佛浸透三世苍凉、生死洪荒。星鲸闻着箫声，漠然不语。亦如三十万年前的模样。

天神与狸奴

一

那一日，天上负责观察人间的神明，因故要去另一位仙友的宫殿造访，可他肩上担负的使命无法轻易卸下。于是天神从天上降下巨手，将人间河流里一只快要溺死的猫咪的神魂打捞了出来。

天神将猫咪放在自己的膝上，轻敲他的头颅，开启了他的心智，并将他唤作"狸奴"。

重获新生的狸奴，从天神的膝上一跃跳下，欢快亲昵地在天神身边打滚、作揖，并感激地将天神称作"主人"。

天神接着将观察人间的任务托付给狸奴，并直言此次出行造访仙友，耗时并不长，不过人间区区三千年。

于是狸奴在天上的宫殿里，除了每日游玩嬉戏，也不时守在高高的云台上，向下凝视着人间。

一转眼，三千年过去，天神如期归来。

一见天神归来，狸奴兴高采烈地从云台上跳下，绕着天神打转。

天神见此亦很高兴，他问狸奴："阿狸，我走这三千年，人间可有大的变故？"

阿狸听后回答道："主人，变化实在太多太多了！我曾看见人间的大地、山川变作河流，河流又化作山川。

"我见人世间，也曾歌舞升平，也曾易子而食。

"三千年来，无数文人墨客在山川河流、云雾波浪翻滚之地抒发情怀，写下一篇篇脍炙人口的文章。他们昂起头颅，如此志得意满。

"狸奴羡慕他们的文采，害怕他们的诗歌被时间所埋没，故而将他们的篇章收集成册，如今正好给您呈上。"

天神接过狸奴呈上的册子，略略翻过几篇，随即嘴角微微笑道："如此看来，人间这三千年，并没有大事发生。"

狸奴闻言疑惑不解，明明发生了那么多，天神为何说没有大事发生呢？

天神见狸奴疑惑的神情，明白他心中所想，于是便问道："阿狸，你这三千年来所见到的人，是否依旧太多惴惴不安于衣食，偏执地积蓄着田园、财产永远不够？是否依旧把这些动荡不安、轻易便会失去的东西视作长久的保障？"

阿狸闻言回答："确然。"

天神又问："阿狸，你这三千年来所见到的人，是否依旧太多为利益而自折？是否依旧因名利而卑微，又因名利而傲慢？"

阿狸闻言回答："确然。"

天神再问："阿狸，你这三千年来所见到的人，是否依旧太多总在追觅着心安，认为一定要得到些什么，或者摆脱掉什么，自己的心才会安定。可真当他们得到或者摆脱时，过不了多久，他们的心却又躁动难安起来？"

阿狸闻言想了一会儿，回答："确然。"

天神见此，轻叹一声。他说："阿狸，这三千年来人间的改变，并不像你看到的那样多。"

阿狸闻言，脑袋耷拉了下去，他的兴致忽然低落下来。

　　天神看到的是这三千年来芸芸众生在漫长的岁月中不断重复的思想和行动，而狸奴只看到了人间表面的变化，所以得出的结论迥异。

　　风雅曰：

> 狸奴狸奴，不识忧愁。
>
> 江山易改，本性难移。
>
> 千年如此，万年亦然。
>
> 所得与失，亦如车轮。
>
> 循环往复，周而复始。
>
> 苍天之下，并无新事。

青 鸟

一

在无尽星海之中，有一条火河。那是一条炙热、凶狠的河流。大河里流淌的不是清澈的水，而是滚烫炙热的岩浆。

如果你站得足够高，你会发现火河其实更像是大海。说是河流，哪怕最狭窄的河道之处也如海洋那么宽阔。你向河流的上游望去，看不到火河的源头。你朝河流的下游穷目，寻不至火河的尽头。

不时有熊熊火焰从岩浆里喷涌而出，那汹涌的火焰犹如高山险峰，熄灭时窜起的黑烟遮天蔽日。那气息，比最浓稠的硫黄不知还要呛人多少倍，沾皮即蚀骨，吸入则身销。没有人敢步入火河两岸万里之内。

即使离岸万里之遥，你依旧可以看到天际泛着火河的红光与黑烟，感受着燥热狂暴的气流无情肆虐。

这真是一条暴虐、难以驯服的河流啊！过路的星空旅行者无不感叹。偶有想要渡河的行者莫不因炙热的岩浆、致命的气息而却步，不得不改道而行，多耗费几百万亿年的光阴。

然而有青鸟，意图使火河熄灭。

青鸟是青色的巨鸟，她巨大的身躯无边无际，连颈脖后最细小的毫毛亦有小山般大小。当她张开双翅，整个世界便如黑夜降临一般。当她收起翅膀，整个世界才恢复光明。

　　青鸟意图使火河熄灭，于是她朝西飞，飞越无穷无尽的世界去往西大海。她口中衔取海水，而后朝东返回，途经无穷无尽的寰宇来到火河之顶。一个来回便要花费三十万年的时光。

　　在河顶之上，青鸟松口降下海水。那海水最初如同汪洋般，可随着不断靠近火河，海水不断被火河炽热的温度蒸发。越来越少，越来越少。等最终降到河面之时，原本汪洋般的海水仅剩下大约只有一根头发丝的三十分之一那样多。

　　那微不可察的海水落在河面上，仅能激荡起肉眼难以看清的一丝白烟。青鸟对此并不气馁，她在河顶上盘旋一圈，一声长鸣后飞走了，而后又是下一个三十万年。

　　火河外被拦住去路的旅行者莫不感叹青鸟的旅程，他们聚集在一起讨论。

　　有人说，火河里葬着青鸟的爱人，她是为了世间的情爱而如此。

　　有人说，青鸟怨恨火河，她是因世间的嗔恨而去熄河。

　　叶凡望着青鸟远去的身影久久不语，良久后他说：

　　"不对，不是这样的。世间的情爱嗔恨来去都很短暂，今天爱了，明天便不爱了。青鸟不会因它而如此。

　　"是志向吧，是无比崇高的志向才能让青鸟如此，百千亿劫，不改始终。"

　　他的话音刚落，一声清鸣响起，远空传来了青鸟欢快的声音。

蚂　蚁

一

一曲悠扬箫声，从彼世界至此世界。叶凡漫游星海的旅程，途经一颗星球。

在繁茂森林里的一片开阔地，他枕着圆滑的巨石，在阳光与清风的抚摸下，进入了梦乡。他做了一个无比真实的梦。

梦里有一只绿豆大小的蚂蚁，他踮起后脚仰视叶凡，大声喊道："嗨，您好，巨人！您能告诉我生命的意义吗？"

蚂蚁的问题实在太深刻，很少有人这么问他，更何况是一只蚂蚁呢。于是叶凡变幻身形，缩小成绿豆大小来到蚂蚁面前。

"您为何想要知道生命的意义呢？"叶凡好奇地问。

"我不想不明不白地活着。"蚂蚁回答。

"我原先只是蚁巢中一名普普通通的成员，没有姓名与年龄。"蚂蚁开始了他的倾诉。他接着补充道：

"年长的蚂蚁们，从未教导过我一句生活的道理。他们只是把吃的与喝的摆到我面前。见我吃饱喝足了，便心满意足地沉睡。他们从不在夜里聊天，探讨世界的玄奇。

"后来，我渐渐长大，被分配了工作。我的工作其实很简单，只是负责把其他蚂蚁发现的食物搬运回巢穴。从天亮开始，一趟又一趟，直至天黑。我们工作时从不交谈，如说你好，最近过得怎样之类。只是互相碰碰触角，粗糙地表达一下心情。

"起初我觉得这样的生活挺好，做着一份简单的工作，虽然卖些力气，可这也让你没有那么多精力去思考稀奇古怪的问题，比如我是谁，从哪里来。

"每每入夜筋疲力尽，我们啃一口运载来的食物，也不用互道晚安便彼此依偎着睡去。然后又是新的一天。

"我原以为这样的生活会一直持续下去，直到那一天，大雨滂沱，天空中一道闪电劈中蚁巢，蚁巢着火了。那闪电是我见过的最刺眼的光，让我畏惧颤抖。也是那天，我蚁生中第一次见识到了死亡。

"烈火过后，我试着移动被火焰烧焦的同伴的躯体，可他们一动也不动，尽管平时他们也不怎么说话，可他们总是会用触角回应我。可这一次，连触角也不动了。

"于是我跑去问蚁巢最博学的长者，我那些被烧焦的同伴究竟怎么了？长者告诉我，他们死了。我又问什么是死？长者说死是停止了呼吸，再也动弹不得，再也无法说话。

"听闻长者的话，我内心生起了极大的恐惧，我害怕死亡。于是我又问长者，蚂蚁为什么要死？可不可以不死？这时长者沉默了，因为他也没有答案。

"没有得到答案的我难过极了，蚁生中第一次白天不再低头干活，而是爬上了一株高高的小花。在花枝的绿叶上，我蚁生中第一次举头观察整个蚁巢。它是如此的庞大，又如此的丑陋。一块凭空凸起的土堆上，被雷电劈去了大半，裸露出了内里坑坑洼洼、满目疮痍的蚁道。

"也是那一天，我发现了自己所做的一切都是徒劳的。出于对饥饿的畏惧，我们蚂蚁一族每天都要辛勤外出搬运食物，日复一日，年复一年。搬运而来的食物，堆满了整个巢穴，可我们根本就吃不完。于是新的食物堆积在旧的食物上，任由旧的食物发酵、腐烂，最后腐烂到吃不了，又被我们搬运出去。

"是徒劳！是徒劳！原来我的一生绝大多数努力都是徒劳的，我的辛苦没有任何意义。这让我难过的同时，对于生命的意义更加渴求，我想要知道自己是为何而活着。

"我将自己在花枝上观察到的一切告诉了同伴，可他们大多默然不知所云，沉默一阵后又开始了辛勤的搬运。那一刻，我才发自内心地感受到，我与周围的世界是如此的不同。

"于是在一个月光格外皎洁的夜晚，我一个人逃离了蚁巢，开启了漫无目的的游荡之旅。

"离开以后，我蚁生第一次见识了河流、巨木以及会飞翔的怪兽。我所见所闻的事物，已超越其他蚂蚁太多太多，可我依旧没能找到生命的意义。

"渐渐地，我身体的机能开始衰退，也许这便是'死亡'前的征兆吧。在我即将死去的时候，我听到了巨人你吹奏乐器发出的声音，真是特别悠扬啊，那一刻我的心灵难以言喻得清晰，仿佛以前懵懂的道理一瞬间都懂得了。

"这让我明白，巨人你必然是特别的一个人。故而我耗尽全身力气来到你的身边，想向你请教一下生命的意义。

"我的故事很啰唆，还请您不要介意。"末了，蚂蚁害羞地说道。

"怎么会呢？我与您是一样的。生命的意义……"叶凡闻言感慨万千，心知时至，他将生命的意义倾囊相授予蚂蚁。

"哈哈！原来是这样！如此，我的蚁生便不再有遗憾了！"蚂蚁得知生命的意义，高兴得忘乎所以。蚂蚁朝叶凡行礼之后，便肆无忌惮地在草地间又蹦又跳，快乐得像一个纯真的孩子……

　　梦醒了，叶凡望着已偏斜的太阳，嘴角笑得温柔。他在草地上发现了一具蚂蚁的尸体，那尸体手舞足蹈的样子，恰是欢快到极致的模样。

　　叶凡以人的礼仪将蚂蚁火化，而后便离开了这颗没有人的星球。

狼 谷

一

传说，天下的狼都是堕落的诗人，狂躁的欲望迷惑了诗人的心，让人化作狰狞的野兽。

唯有皓月当空之时，无瑕清寒的月光才能净化狼的心灵，让狼冲开兽性的枷锁，回忆起从前的模样。

"嗷呜……嗷呜……"天上悬挂着一轮圆圆的明月，狼谷里群狼的嚎叫声此起彼伏。那夜，叶凡背负着一把剑柄嵌着明珠的巨剑，步入荒凉的狼谷。

不是没人劝阻叶凡，在日落之时，附近村庄的老者出于好意让叶凡止步。

老者对他说："前方是狼谷，是凶残狂暴的狼群聚居地，牛羊误入，即成枯骨。而且每逢月圆之夜，狼谷里便会此起彼伏地响起群狼的嚎叫声。那声音嘶哑、荒凉，让人毛骨悚然。年轻人，你一定不要踏入狼谷，那是个太危险的地方。"

可叶凡是叶凡，那个永远一往无前的少年听闻老者的劝言后，并没放弃前行，只是嘴角略略泛起一阵轻笑，他说："谢谢您的提醒，但我的道路，群狼无法阻挡。"

言罢他背着巨剑，径直走入狼谷中去。

夜渐深，此起彼伏的狼嚎声渐渐消失了，狼谷的世界仿佛也凝滞了。举目望去是各式各样形状怪异的树木，有的树叶遮天蔽日，有的则枝干干枯，夜息的乌鸦止宿其上。

叶凡经过时惊扰了乌鸦，只见一点点泛着暗红色的光芒亮起，那是乌鸦的眼睛。紧接着翅膀扑腾，乌鸦成群离去。

吱嘎、吱嘎，是叶凡的脚踩在枯枝和落叶上发出一阵轻响，轻微的声音在寂静的狼谷里竟显得如此清晰。莫名地，叶凡觉得在黑暗的夜幕里，在层层叠叠的山背后，有一双双冷漠的眼睛注视着他。

这虽然无法制止他前行的脚步，却也让他有些惊慌。于是叶凡扬起手来，手掌握在身后巨剑的剑柄上。剑柄镶嵌的明珠发出一阵柔和的光芒，似月光却更温暖，让他莫名心安。

步步前行，终于前方路尽。挡在他面前的是一丛茂密的灌木。于是叶凡提剑轻劈，重剑虽然无锋，可触及的草木如同掉进烈焰里的冰块一般飞速消融。

障碍除尽，令他意外的是，眼前竟然浮现出了一团昏黄的光明，那是残宴时的篝火。

在篝火旁，或坐或卧着七八位衣衫褴褛的男女。从四散一地的酒瓶，以及迎面而来的酒气中可以得知，这场篝火晚会已步入了尾声。

也许是醉酒的缘故，男女们对于叶凡的到来，并无抗拒之意，反而一名较为年长的男士挣扎着起身，举着酒杯缓缓朝叶凡走来。

只见他的步伐恰如诗人作诗时的踟蹰，他在离叶凡不远处停了下来，顿了顿嗓子，举起酒杯，紧接着用吟唱一般的声音，唱诵起他的祝酒词。

"远方的客人啊，狼谷寒凉死寂，久远岁月无人到访，可否相饮一杯，互诉旅途的过往。"

叶凡接过酒杯，一饮而尽。

狼谷里的残宴因罕见的来客重开，一男子拾了把柴火添加到篝火里，原本有些阑珊的火苗又重新旺了起来。

男子自称狼一，他身后的男男女女，均以狼为姓，以数命名，唤作狼二、狼三、狼四……

狼谷大约是不产酒的，但各式各样不知从哪来的酒瓶里，装着风味不一的酒水。叶凡品尝一口，味道算不上甘醇，只能勉强算是酒精，让人暂时麻木的酒精而已。

在重开的宴席上，狼一述说了狼谷的传说。他说：

天下的狼都是堕落的诗人，狂躁的欲望迷惑了他们的心，让人化作狰狞的野兽。

唯有皓月当空之时，无瑕清寒的月光才能净化狼的心灵，让狼冲开兽性的枷锁，回忆起从前的模样。

极少数还残存着人性的狼，会在月光的净化下，褪去兽皮，重新变成人的模样。

然而也只有一晚，只有月圆那一晚。

狼一言罢，漠然，四周草木寂静，篝火吐着火舌，照映着狼一、狼二、狼三。他们各个面色凄凉，看不出快乐。

而叶凡则讲述了他的故事，他说他有一把巨剑，剑柄上镶嵌了来自两界山山顶的明珠。

"此剑名无畏，能截生死流，常放净光明，化却狰狞性。"

"世间的生死，真能截断吗？"狼一闻言大惊，他之前从未这么想过。

"能的，我曾亲眼所见。"叶凡取下靠在树旁的巨剑，将其横放在盘着的腿上，剑柄上的明珠闪烁着别样的光芒，似月光，却更温暖。

"好宝贝，好宝贝。"狼一目不转睛地盯着巨剑，口中不断称赞道。渐渐地，他的瞳孔收缩，眼神开始不对。

他太想要那把能截断生死的巨剑了，只见他双手死死紧握，脸上青筋暴起，竟飞快地长出了兽毛，手指也变得如狼爪一般。

蛰伏在狼一体内的贪婪兽性开始作祟。

于此叶凡犹若未觉，反而自顾自地摆弄起剑柄上的明珠，一时间明珠光芒大作，笼罩了残宴里的所有人。

那光芒如月光一般无瑕，似乎能净化世间一切的混浊。

被光芒照着的狼一猛地打了一个颤，像是从噩梦里清醒过来一般，他松开了爪子。

狼一爪子松开的那个瞬间，兽毛飞快地消失，双手也恢复了人的模样。

兽性退却后的狼一面红耳赤，他对自己的贪婪，羞愧得无地自容。

是贪婪让他堕落为狼，成为懵懵懂懂、茹毛饮血的兽类，过着饥寒交迫、心惊胆战的生活。

他害怕极了成为狼的生活，却总也抑制不住自己内心的贪婪。

对于狼一的行为，叶凡犹若未觉。只见他提着巨剑，剑柄朝狼一面前一递，问道："你想摸一摸吗？"

"我……我……我可以吗？"狼一喜出望外。

"当然。"叶凡答道。

于是狼一、狼二、狼三，所有的狼人都将手搭在剑身上。触摸巨剑的一瞬间，他们全身舒畅，竟感受到了难有的解脱，就好像为人时问心无愧的感觉。

要是时光永远停留在此刻该多好，可惜，美好的光阴总是短暂的，一声鸟雀的叽喳声，揭开了白昼的序幕。

看着即将消逝的圆月，狼一忽然紧张了起来，他说："亲爱的朋友，我多想陪你再聊一聊旅途的过往，可天马上就要亮了，我必须得走了。"

言罢，狼一带着众人缓缓从残宴里离开。

起初他们只是迈着小碎步，当走到叶凡看不到的远处时，仿佛再也压抑不住，一齐飞奔起来。

他们一边飞奔，一边脱下自己本就褴褛的衣服，兽毛不断地从体内长出。清晨的第一缕阳光洒下来，伴随着嗷鸣的一阵悲号，狼一一行化作巨狼，眼里再也没有了为人的温柔。

……

不在远方的客人面前暴露自己兽化狰狞的模样，那是他们最后的尊严。

雪 人

孩子的世界很久没下雪了。

他期盼着窗外的天空，降一场大雪，创造一个银白的世界。可天上的星星眨着眼，默默地不说话。

终于他疲惫地拉下了眼帘，趴在窗边进入了梦境。

梦里雪正在飞扬。整个世界成了银色，那些枝条上挂着晶莹的雪霜，那些松针闪着剔透的银光。鹅毛般的大雪从遥远的天际缓缓降下，一个个雪人从地面上涌出。他们或在天空里游荡，或在大地上奔跑。孩子高兴地围着围巾，飞奔向欢唱中的雪人。也许是太心急，孩子一不小心摔在地上，伴随着疼痛感的还有晚风。

无言的晚风惊扰了孩子的梦境。他醒了，梦外的世界没有雪。

他一个人坐在晚风中，那是一种怎样的孤独，就像是被遗弃。

夜，悄无声息。

哗哗哗哗……

似清水流淌，似树枝摇曳。在远方的树林中，缓缓走来一个身影。

是他，不畏路途的漫长！

是他，不惧燥热的火焰！

是他，带着疲惫与使命，融化了自身才能抵达！

"雪人！雪人！"孩子高兴地奔向雪人。也许是太急切、太渴望，他又摔在了地上。

不过，这一次有雪人。雪人将孩子从地上拉起，亲昵地摸着他的头，眼里是道不尽的沧桑。

"叶川——叶川——"雪人沙哑的声音，还喘着粗气，好像每一个字都要耗尽全身的力气。

然后，整个世界又陷入了沉寂。

雪人，他融化了。

江 雪

在星海偏隅一处世间，有人自称江雪，安享此中宁静。

江雪其人，原本并非这个名字。那是在他还年轻的时候，曾一时兴起，想要拜访远方的友人。

一念欢然驱使，他在鹅毛大雪时节，摇着小船，慢慢悠悠，时走时停，傍晚出发，夜深方至。

彼时他被冻得面色发白，手指僵硬，内心却是始终未改的炙热。

待终至友人院落前时，却见他微微一笑，以标准的礼节，朝紧闭的大门作礼拱手，仿佛已相见一般，随即转身，悄无声息地离去。

自此以后，他自称"江雪"。因那个夜晚，他发现，落雪的寂静是如此美好，竟能盖过流水潺潺的声音。

自此以后，江雪越发无言，世人对他，亦越发难以理解。

有人批评他没有上进心，不耕种贸易，亦不勤读诗书，于此江雪不曾辩驳；有人认为他孤傲，不屑于这个世间，于此江雪不曾辩驳；有人说他智力有缺陷，不通世事，于此江雪不曾辩驳；还有人说他是隐于世间的大贤，内心定有无数珍宝，江雪听闻微微一笑，想要出声谦让，却又刹那停止。让即将有的是非、对错、赞扬、贬低、人情、往来，归复宁静。

那日，远方的友人造访，好奇问他，这世间种种关于你的传言，或赞扬，或贬低，或深刻，或肤浅，仁者缘何一同沉默而对，从不辩解？

他说:"江上雪，风中花。仁者，我只是不愿让自己不甘与辩解的声音，打扰这个世界的宁静。"

云海衣袖

一

在星海偏隅中有一个平凡人间，人们婚丧嫁娶、田耕织造，过得波澜不惊。忽一日午后，悠远虚空中飘来低沉轰隆之音，犹如巨旗扬风舒展之声，响彻人间。

随后，一片纯白云海，从东方无尽虚空中蔓延而来。云海轻灵，不似人间闲云慵懒，不时上下翻腾，似随风起舞，忽而极尽舒展，忽而蜷缩一团。

最舒展时，能覆盖过半个人间，最蜷缩时，亦有天空十分之一。说也神奇，那云海虽大而有形，却又仿若虚无，太阳一照便透，阳光便遍洒人间。

人们见此，无不呆若木鸡，停下手中的一切事务，抬头仰望。

一时、两时，三个时辰过去，天上的云海未曾消散。人们经历过最初的震惊，彼此议论纷纷，心中的忧虑渐增。

一日、两日，三日过去，天上的云海依旧未消散。人们的忧虑升至极限。

此时有喜欢蛊惑、唯恐天下不乱之人，散播谣言，说云海是不祥之兆，人间即有灾祸，甚至毁灭。不知所措的人们听闻后内心更加忧虑。

一旬、两旬，整月过去，天上的云海依旧未消散，人心的忧虑反而转淡。

此时有傲慢自得之人，以为这不消散的云海，是上天对己的垂青，若是自己能触及云海，兴许能顺着它去天上。

于是他谢别亲友，独自一人赶着牛车，满载着祭祀之物，缓缓登上一座高峰。在峰顶，他摆好香案、呈上贡品，声律昂扬地对着上天祝祷，期盼神明的怜悯，垂下云海，使自己扶摇而上。

一连七日，神明未有响应。

一年、两年，三年过去，天上的云海依旧未曾消散。人们对于云海的存在，态度悄然转变。

此时有人间的温柔舞者，觉得天上云海异常美妙，婉转飘浮，犹如长袖在风中飞舞。

一念会心，舞者仿照云海的缥缈模样，制作了袖宽而长的云袖之服。舞者将其穿上，随意挥舞辗转间，双袖翻飞，似云海波澜。见者无不倾心。

十年、二十年，三十年过去，天上的云海依旧未曾消散。人们已接受云海，接受这样美丽事物的存在。

此时的人间，舞者的云袖之衣已成为人人追捧的时尚。上至王公、下及百姓，无不以歌乐宴会之时，穿一身云袖之服，十分飘逸。

人们彼此挥舞着自己的衣袖，谈笑间会感慨说一句，当初舞者便是有感于天上的云海，方才制成这样轻柔的仙衣，诚然美好。

一百年、两百年，三百年过去，天上的云海依旧未曾消散。人们对其习以为常，尽管没人知道云海到来的原因，可若是有一天它忽然消失了，大家一定会恍然，觉得生活里少了什么。

此时云袖已成为人间最普遍的礼服，有不觉惊异，无却会感到遗憾，亦如天上的云海。

一千年、两千年，三千年过去，天上的云海依旧未曾消散。此时人们已将其视作如日月星辰一般，自亘古以来便存在的事物。无数史诗中记载，云海是自三千年前某一天忽然而现，这大约是不实的神话吧？

此时云袖之衣已成史海钩沉，除却少数崇古之人，世间已无人再穿着，不是说它不好，而只是人心厌旧。

那一天，叶凡途经云海人间。彼时酒馆外有两个孩童在辩论空中的云海。一位说云海犹如太阳，是自古便存在的事物。另一位则说云海如史诗里的浪漫，千年以前凭空而现。

两位孩童互相争论不过，四周大人又不将其当真，不得已，他们携手来到叶凡身前，拉着他的衣袖问道："叔伯、叔伯，你说我们世上的云海，究竟是如何形成的？"

叶凡闻言凝望天空，过了片刻他微笑回道："在三千年前，距此世界以东无尽遥远处有一席天上欢宴。会上一名仙人不胜酒力，抱着酒坛酣然入睡，至今未醒。他的衣摆不经整理，随风肆意飘扬于虚空，衣袖则一直蔓延，覆盖过无数个星球、国度，最终，一片衣角半遮此世界的天空。这便是云海的由来。"

章回之间

无尽星海翻腾不息，故事与人起起伏伏。

漫游星海的旅程何曾有终结，出生入死的行走、天上人间的游荡，莫不是意图以身的操劳，换取心的宁静。

生而不凡

一

县城菜市场旁狭小过道里的路边摊理发匠陈大志，他生而不凡。

没有缘由，无从论证，更无从知晓因果本末。仿佛有些人从出生那一刻起便注定了是生而不凡的。陈大志便是如此。

自打他呱呱坠地到长大成人，他就一直坚信自己是个不平凡的人，将会拥有不平凡的一生。这种自信与生俱来，没有缘由，无从论证，更无从知晓因果本末。

哪怕他家境贫寒、相貌普通、学业糟糕，哪怕他诗词歌赋从来不曾精通，嘴里也说不出美丽动人的句子。可他依旧坚信自己生而不凡。

那一年是百年一遇的日食，即民间传说的天狗食日。那时还是孩子的陈大志正在午休，忽然他被门外的喧闹声惊醒，是孩子们在呐喊："看啊！看啊！太阳被吃掉了！"

陈大志整个人忽然一激灵，睡意全无，仿佛冥冥之中有某种指示，或许这罕见的天象是为他而来！他连滚带爬地只穿了一条短裤奔出门外，鞋也没穿上。

那时天空的景象是怎样的诡异奇绝！烈日渐渐变得昏黄，月亮的阴影缓缓遮蔽整个太阳。四周忽然寂静了，上一秒还是燥热烦闷的午后，下个瞬间却进入了诡异的黯淡世界。夏虫不鸣了，群鸡则蜷缩在角落里瑟瑟发抖。

陈大志紧咬着嘴唇望着"天狗"缓缓食日，内心仿佛有某种焦急，某种期待，某种畏惧，甚至某种怯弱。他忽然一惊，觉得自己站在地上离天空太远了。于是他奋力爬上门前的老槐树，站在最高的枝条上仰望着天空。

近了，近了，又近了，"天狗"即将全食。陈大志按捺不住内心的激动，他嘴唇微张，抬起手臂直指着太阳。

终于日全食了，可是什么也没有发生。期待中惊天动地的场景并没有出现，还是那人那树那个午后。陈大志一个人坐在树上看着日食渐渐消退，世界重新恢复，他却久久不发一语。

后来大志因贫辍学，跟随着亲戚远赴都市务工。务工的生活是辛苦的，日复一日地机械操劳折磨着大志的身躯。可他是个生而不凡的人呐，又怎会甘于如此呢？

在劳累了一整年终于拿到工钱后，陈大志听信了一名工友的话，将所有工钱都拿去"投资"。那名工友说得好听，把钱借给别人去放高利贷，以钱生钱，不用干活还收获颇丰。陈大志心动了。

虽然他内心也曾有一丝疑惑，村里的老人们都说放高利贷"缺德"，他读过的为数不多的书里也有一句"天下没有免费的午餐"。更重要的是他害怕，害怕这辛辛苦苦一年挣的工钱就这么没了。

可他是陈大志，注定了生而不凡的人。既然生而不凡又怎能没有些不同寻常的事迹呢？于是即使怀着诸多畏惧，他依旧选择了相信工友。工友拿到钱后消失了，陈大志一年的辛苦就此白费。

那年过年因被骗了工钱，老父亲拿着扫把狠狠地抽他，他就直挺挺地站在那里，不言不语、不躲不避。他的母亲看着难过，便抱着陈大志的腿痛哭，陈大志对此也无动于衷。只见他双目失了神采，口中不断地呢喃着"不凡"之类的词语。

陈大志读书少，不知有"天将降大任于是人也"这句话，不然他一定会将自己前半生的坎坷视作上天降下的考验，进而更加满怀期待地等待着奇迹降临，等待着那么一位命中注定的伊人。

那伊人年方十八，家财万贯，眼如星眸，面若秋水，最最紧要的是那位伊人会没有缘由，发疯似的爱上他，爱得无可救药。

虽然不知那伊人姓甚名何，家处何方，陈大志依旧坚信着伊人必然存在，因为他是陈大志，注定了是生而不凡的人呐。

可惜，上天降于陈大志的大任似乎格外艰巨，所以生活里的艰辛仿佛没个尽头。那年陈大志差不多是个大龄青年，却依旧形单影只、游手好闲。他父母禁不起村里人背后的指指点点，于是发疯般想为他找个媳妇。

对于媒婆的牵线，拒绝的话陈大志怎样也说不出口，就那样木讷地打扮一番跟着去了。

那女子年纪二十多，家财肯定没有万贯。脸不算大，皮肤略微泛着黄，一双小眼睛害羞地闪躲着。她是一名平平凡凡、普普通通的农家女子，毫无疑问达不到陈大志心中"伊人"的标准。

然而，陈大志内心就像是三月的草长莺飞，万物萌动。他心里的野草疯长着，哪怕那女子不是"伊人"，拒绝的话陈大志却怎样也说不出口。

要不？就这样凑合？陈大志的内心动摇了。

就在陈大志内心挣扎时，媒婆贼眉鼠眼地靠近他。媒婆不断在他耳旁吹风，大意无非是"这姑娘长得可俊了，家境也不赖，为人也勤勉，你小子是祖上积德才赶上，十里八村谁不是抢着

124

要，若不是腿脚不太好使，不然哪有你的份"！

"什么？瘸的！"正忙着内心挣扎的陈大志听了媒婆的话，一下子双目圆睁，不顾场合地喊了出来。

原本还在一旁娇羞的姑娘听他这一嗓子，眼里的柔情变成了痛苦与愤恨，她撒气般地一跺脚，起身一瘸一拐地奔进了内室。

就这样，陈大志有史以来最接近成功的相亲黄了。

"我陈大志，怎会找不到好媳妇？"陈大志在媒婆面前如此言语，他自认为自己的话说得已足够含蓄，全然没发现媒婆的嘴角咧到耳后根的冷笑。

时光流逝，陈大志就那样一直打着光棍。渐渐地，他开始老了，岁月慢慢在他脸上留下了痕迹。前些年陈大志的父亲去世，没过两年母亲也跟着故去。

"人命就像野草，一茬过后又一茬。"在母亲的葬礼上陈大志这样说，这是他这辈子说过的最有诗意的话。

就在渐渐年老的时候，陈大志发现了人生新的向往——那群孩子。

每每无所事事的午后或黄昏，陈大志都爱搬一把小椅子，往那些半大不大的孩子堆里一靠，在孩子们敬仰、崇拜的眼神中讲述他陈大志年轻时的风流往事。

陈大志说他年轻时也曾外出打工，见识过世间的繁华。因为不甘于每天给人打工赚辛苦钱，他一个狠心把钱全部拿出来放高利贷，这让他赚了不少，过了好一段大鱼大肉的日子。

每当他说起当年自己如何奢靡时，孩子们眼里都满是星星，一脸向往。偶有孩子问他为何不继续在城里放贷时，陈大志都会意犹未尽而又故作高深地感叹一句"放贷是缺德的"。孩子们眼里的星星就更亮了。

有时候陈大志会有某种错觉，活着与做梦究竟有何区别呢？

在梦里你吃到了好吃的，会感到愉悦。在梦里你得到了别人的夸奖，会感到开心，也会洋洋自得。哪怕梦是假的，梦里的事根本就没发生过，可那快乐，你却"真实"地感受到了。

老年陈大志陶醉于孩子们的崇拜之中，哪怕他吹嘘的所有事迹都是假的，根本没有发生过。可他因此而得到的"成就感"是如此的"真实"。"真实"到他分不清活着与做梦的区别。

活着与做梦究竟有何区别呢？一次次醉生梦死后的陈大志疑惑不解。曾有那么短暂的一刹那，陈大志陷入了某种深刻的怀疑，现实中他的活着，是否其实是一场太深太深，深到以至于醒不过来的梦？一念至此，陈大志全身战栗，莫名觉得寒凉，不敢再细想下去。

也许但凡是梦，终究会有醒的那一天吧。

那是个一如既往的午后，陈大志苦心积虑地编造好了今日将要炫耀的事迹，他将要述说的是年轻时与一名女子的故事。为了显得真实，他连那女子姓甚名何，模样如何，脾气好坏，有何喜好，乃至家处何方都已安排妥帖。

"陈大志，听说你年轻的时候务工，被骗了一整年工钱？"突如其来的打击让他措手不及，说这话的是名少年，十五六的年纪，正是开始有主见的时候。他原本是那群孩子里的孩子王，却不幸被突如其来的陈大志抢了风头。

那少年故作镇定地直着腰，双手环抱，稚嫩的脸上挂着一丝傲慢。他傲然地看着陈大志，提出责问。

砰，陈大志心头一声重响，仿佛是有什么东西碎了。只见他原本轻微昂起的头颅瞬间低下，眼睛里也失了光彩，双手局促不安地晃动着，不知该如何是好。

过了好一会儿他终于反应过来，被揭穿的他先恼羞后成怒，眼睛直勾勾地盯着少年，眼神里闪过一丝凶悍。只见他举起双手作势就要打。可惜，他的手刚举到一半时便发现了在一旁端着饭碗看热闹的少年父母。

陈大志连忙收手，顺势把手往自己后脑勺上一靠，一摸，久久不知该如何回应。最终他对着围观的孩子们"憨厚"一笑。

这一笑，陈大志的美梦就此破灭，"陈大傻"的称呼则不胫而走。

"老光棍，陈大傻。陈大傻，老光棍。"也怪当初被陈大志骗得狠，发现上当受骗的孩子们不肯放过他，于是编了个顺口溜四处传唱。走街串巷地传，在他屋外聚众地唱。

"老光棍，陈大傻。陈大傻，老光棍。老光棍，陈大傻。陈大傻，老光棍……"

因为被孩子们挤兑得狠了，带着羞涩与难堪，陈大志背井离乡地来到了县城。他在县城菜市场旁的过道里摆个了理发摊，鼓捣起了发型的艺术。

这理发是个手艺活，可陈大志当初学它并不是为了手艺，而是在诸多谋生的技艺里，他觉得理发这行当最安逸，既不用日晒雨淋，又不用汗如雨下。轻松往那一站，挥着剪刀三舞二弄地就齐活了。

也是他见识短，不知这世上还有个职业叫作家。若是让他晓得了，怕是世上又要多出一个文豪来。

当年老的陈大志第一次见到收音机，第一次听到吱吱作响的电流，第一次听见仿佛来自天外虚无缥缈处的人声从收音机里传出时，他目瞪口呆，久久不能言语。

"收音机里有另一个世界，里面住着米粒五百分之一大的小人，花生般高低的山峰，以及头发丝般粗细蜿蜒的河流。"这个莫名其妙的观点从他脑海里蹦出，再也挥之不去。

没有理由地，他选择相信自己荒诞不经的念头。因为这个观点足够奇异，足够证明自己生而不凡。所以不仅是自己坚信，他还总试图说服别人也相信，无论他的念头是怎样的荒唐与可笑。

纵观陈大志的一生，他永远活在如此的"自欺"与"欺人"之中。

无论是百年一遇的日食，他自作多情地以为那是为他而来，还是媒婆面前夸下的海口，认为自己一定能抱得美人归，抑或在孩子们面前夸夸其谈，面不改色地仿佛是在陈述事实。

他欺天、欺人乃至欺未长大的孩子。可是一个都没有成功，唯一被欺骗、被辜负的只有他自己一人而已。

吱吱电流声过后，仿佛来自天外虚无缥缈处的人声从收音机里传出。老年陈大志半躺在理发靠椅上，脸上蒙着湿巾悠然地享受着又一个无所事事的午后。

此时此刻的他正悠哉悠哉地躺着，老旧收音机里传来的是一场英雄救美的故事。

"你……你……你……别过来！"手持着利刃的劫匪把刀架在女人质的脖子上，色厉内荏地威胁英雄别靠近。

"不要，不要，救命，救命。"这女人质想要挣扎又不敢逃跑，不断哭着发出求救声。

"懦夫，欺负个女人算什么好汉？放了她，换我来！"英雄厉喝道，同时一步步靠近劫匪，意图用自己的身躯替换人质。

"精彩！真精彩！"无所事事的陈大志听得津津有味，过瘾至极。对于英雄的事迹，陈大志向来百听不厌。他私心里羡慕极了英雄的光环，被万众瞩目着，被四周人所敬仰着，这是他朝思暮

128

想的东西。

　　然而，他并不理解英雄，不懂得英雄的付出，甚至于将英雄舍己为人的付出视为一种"愚蠢"，这也是为何他成不了英雄的缘故。

　　他的一生大约如此，无视"付出"，想要"得到"的却那么多。

　　正当陈大志蒙着湿巾听广播听得过瘾时，他忽然感觉裤兜放钱包的口袋一阵松动。伸手一抓，竟然是第三只手，有贼！

　　"好大胆！你这个小毛贼！"兴许是听广播里的英雄故事上了瘾，陈大志是既气恼又兴奋，似乎终于轮到他来当英雄了！

　　只见他大喝一声，一跃而起，一手抓住毛贼的衣领，另一只手则顺手一个大巴掌打了过去。

　　"啪！"那一巴掌在毛贼脸上打得可是清脆。毛贼一时竟被打蒙，待清醒时脸上已有五个鲜红的指印，嘴角溢血。

　　那毛贼三十岁左右，体形精干，手指纤细，可谓盗贼界的"骨干"，正是年富力强的时候……

　　"老东西，活腻了是吧？"毛贼被陈大志突如其来的巴掌打得怒不可遏。只见他瞪着大眼，恶从胆边生，一甩手便轻易摆脱了陈大志的束缚，随即捏紧拳头，一记重拳直扑陈大志面门。

　　砰！老且瘦弱的陈大志哪经得起这样的拳头。巨大的冲击力使得他一个趔趄，双腿竟微微离开地面，随即扑通一声直挺挺地倒在了地上。陈大志眼角溢血，四肢一阵抽搐，随后彻底瘫了下去。

　　毛贼见此慌了手脚，把"窃"来的钱包往陈大志身上一丢，见四下无人，拔腿就跑。

　　痛啊！痛啊！痛啊！

这一记重拳打得陈大志脑袋嗡嗡作响，打得他视线模糊了。他试图聚焦双眼却发现终究是徒劳。他倔强地想要站起来，手脚却如何也不听使唤，几经挣扎最终却像条老狗般在地上扑腾。

这一拳打碎的不仅是他的身躯，还有他那卑微固执的骄傲与自尊。陈大志瘫倒在地上，意识渐渐迷离，不知不觉间竟然进入了一种半梦半醒的恍惚状态。

在半梦半醒间，他好像回到了过去，以一个旁观者的视角重温了自己荒凉的一生。

他看见了那年天狗食日，年幼的自己高高昂起头颅，满脸不可一世地指着苍天。他看见了那年被骗去所有工资的自己，面对着父母的责骂不躲不闪，闭着嘴一言不发，倔强又刚强。他看见了那年相亲时，面对媒婆豪言壮语的自己。他还看见了不久前的他，在孩子堆里吹嘘趾高气扬的模样。

待醒来时，泪已风干面颊。陈大志受伤了，身体上的痛尚且好过，难过的是心痛。

他失去了所有力气，全身无力，瘫倒在地上，没有了志得意满，没有了头颅高昂，也没有了萦绕他一生的骄傲。此时此刻的他，是一个孤独无助者。

"为什么？为什么？为什么啊？"陈大志十分委屈，他不明白，他只是想当个英雄，想要生而不凡，为何生活要给他如此多的坎坷？

电流吱吱作响，仿佛来自天外虚无缥缈处的人声从收音机里传出。在收音机里的小世界中，米粒五百分之一大的英雄正在做英勇事迹报告会。

"其实我并没有什么生而不凡，只是在奢求得到的时候先想想自己付出了多少，是否配得上。"英雄在最后的报告中总结道。

收音机里传来一片欢呼与掌声。

陈大志听着收音机里传来的声音，久久不发一语。

他明白了……

县城菜市场旁狭小过道里的路边摊理发匠陈大志，人们都说他生而不凡。

他是个干活不多话的人，理发理得那样细致认真，边边角角都照顾到。哪怕是个简单的平头，经他手里推出来也显得清爽，大家都爱去找他理发。

他是个有故事的人，从他的嘴里常说出让人受益的话。

遇到理发者被种种投资项目所吸引时，他会说："世上没有免费的午餐，要当心。"

遇到恋爱闹矛盾的小年轻，他会说："人与人之间相处不容易，多想想对方的好。要给别人机会，若是不行再离开。"

遇到小朋友，他则会对孩子们说各式各样的童话故事。比如收音机里米粒五百分之一大的小人。

他是个生而不凡的人，人们都那样说。

调味师

一

在无尽的星海之中，有一个滋味王国，王国里的国王依靠滋味过活。

人们都说国王有一个挑剔的舌头，能品尝出世间百味的细微不同。一旦他享受到了某种美妙滋味后，便再也无法忍受比之差劲的味道，只能咽下更鲜美的食物。

可他毕竟是国王啊，所享受的已是世间最上等的佳肴，更进一步谈何容易！这愁坏了国王的厨师，也使国王闷闷不乐。

那一天，又一场盛大的宴席在国王的宫殿里召开。金玉交错的餐盘上，罗列着来自五湖四海的珍馐。宴会上的群臣各个味蕾大动，望着精美的食物垂涎欲滴。国王却愁容满面，意兴阑珊地盯着面前的食物。

这些食物对于他而言，实在是太普通了，所以他没有多少胃口。

这时，一阵短促的急报声从宫殿外传来。传信的士兵汗流浃背、直冲宴席。他撞翻了传菜的宫娥，跑飞了自己的鞋靴。

只见他跪在国王面前，开始传递消息。他传递的消息不是边关外敌的入侵，也不是国境内山岳的崩塌，而是一件更为"重要"的事。

原来，国王为了追寻世间极致的美味，在王城四周贴满了布

132

告，悬赏寻找天底下最厉害的美食家。就在刚才，悬赏的布告被人给揭下了！

国王闻言巨喜，也顾不了那么多，随手便将面前的珍馐推开，兴致勃勃地站起身喊道："来人！传美食家！"

揭榜的少年名叫繁复，二十岁出头的模样，一副白净的面孔少有风霜，头颅微微地昂起，让人看不出几多深浅。

繁复言自幼长在山中，饮的是晨间花露，食的是林间珍馐，自然所蕴藏的无尽奇珍，激发了他的味觉，让他能料理出天上人间都难比的佳肴。

国王闻言将信将疑，按捺不住对佳肴的诱惑，于是他大手一挥，御厨们制作的美食被全部撤下，一套新的厨具被摆上了宫殿中央。

国王邀请少年繁复，现场烧制天上人间都难比的美味。

少年此时也不惊慌，向国王要了两斤豆腐，按横竖方向切成小块，然后倒油炒制，只见他的姿势老练凝结，算得一把好手，可毕竟也没有什么出人意表的地方。

围观的御厨们见此不由得内心一阵窃笑："这唐突少年，真的自视甚高。"

可就在豆腐即将出锅时，少年从自己贴身的腰包里拿出少许粉末，将其均匀地撒在豆腐上。

忽然间，一股浓郁、难以形容的异香如爆炸般从锅中迸射而出，香味弥漫整个宫殿，群臣们顿时目瞪口呆。

国王再也经受不住美食的诱惑，他一把推开身前的侍者，小跑来到锅前，夹起一筷子豆腐送入口中。

"悔不能，悔不能早遇孺子，我愿以半壁江山，换得日日如此佳肴。"被美食感动到忘乎所以的国王泪流满面，疯狂许诺。

一时间，"半壁江山换佳肴"之名声传遍四海。少年被封作御赐美食家，虽然没能分得君王的半壁江山，然而所赏赐的珍宝亦不计其数。

自那以后，国王的饮食便由繁复一人全权负责。

起初，只需一道简单的炒豆腐或一碟质朴的烧青菜，配以山中奇异的调料，便能让国王幸福至极，赏赐的财宝如江水般涌向少年。

繁复看着溢满房间的财富，以及国王陶醉于自己菜品的模样，心中生出了莫大的骄傲，头颅昂得更高了。

与此同时，四周之人开始对少年极尽阿谀奉承。一方面，他们羡慕、嫉妒国王对少年的宠溺，而另一方面，他们也想尝一尝连国王都忘乎所以的味道。

如此过了整整一个月。一日正午，少年亦如往常一样呈上菜品，那是一道简单的炒香芹。

国王面对着食物，表情再也没有了之前常见到的欢愉，他有些迟疑地举起筷子，夹起一口送入嘴里咀嚼，表情不可名状，说不上好也说不上坏。

面对日复一日相似的佳肴，国王终于厌倦了。他再也没有了以往的热忱，反而如例行公事般下咽。曾经"半壁江山换佳肴"的豪情荡然无存，给予繁复的赏赐也如同枯竭的河流一般，日益稀少。

是的，凡人的心是会厌倦的。

面对国王的厌弃，繁复的心中生出了莫大的恐慌。

世上最大的痛苦是什么？不是种种美好从未得到，而是得到后又将失去。

因为国王的分外垂青，让繁复得到了源源不断的财富和四周人莫大的敬畏，这些都是繁复害怕失去的。

为了留住国王的垂青，繁复绞尽脑汁。

起初，繁复选择在食材上精益求精。摒弃普通的豆腐、青菜，选用世间罕有的奇珍，配以晨间花露洗涤。

因为食材的升级，国王对美食的喜爱之情重燃。少年再一次看到了国王欢快用餐的模样，赏赐的阀门也重新打开，四周人对他的敬畏与日俱增。繁复因此心安。

然而，好景不长。如此过了半年，食材的升级已到极致，不可再升级了。毕竟享受美食的人是国王啊，人间最美好的食物与味道都已献给他，又如何能更进一步呢？

国王厌倦的神情再一次浮现在脸上，又一次，繁复陷入了恐慌中。

于是，少年选择在餐具上升级。不再用普普通通金玉交错的餐具，而是取四海的贝壳为汤匙，龙宫里的珊瑚为筷子，镶嵌了九天落下的金沙的昆仑仙玉餐盘。

因为餐具的精致，国王对美食的喜爱之情重燃。然而这仅仅持续了一个月。

最后，少年没有了办法，因为他能做的都已做到极致，却依旧改变不了国王再次厌弃他的结果。

渐渐地，国王对少年的恩宠越来越少，他被遗忘了。曾经的门庭若市成了门可罗雀，群臣们不再将他当作星星月亮一般环绕，阿谀奉承的话也绝迹了，这让少年倍感失落。

"哈哈！"曾被少年抢了风头的御厨们幸灾乐祸，他们聚在一起讥笑道，"以色事人者，色衰则爱驰，以滋味悦人者，味疲则宠怠。小子！你也有今天，重蹈我们的覆辙！"

世间最大的痛苦不是你从未得到，而是得到后又失去。

失去了国王的恩宠，少年望着门可罗雀的庭院，倍感失落。幸好，他还有残存的安慰，就是国王过去的赏赐，溢满整个房间的财宝。

至少还有它们，至少还有它们，让自己的后半生可以富贵荣华。少年不断地这么自我安慰，内心也因此好过了许多。

可人心是会嫉妒的。少年失去了国王的宠爱，又怀揣如此多的财富，这已足够让人嫉妒。外加少年平素傲慢，也不曾与人好脸色，遭到他人落井下石的理由便更多了。

于是一份份举报少年的密函，如雪片般飞向国王。告密的内容什么都有，从举报少年品行不良到调戏宫娥，从下毒谋害到谋反。

起初国王不以为意，区区一个厨师，能做得了什么呢？

可架不住密函越来越多，俗语云三人成虎、众口铄金。国王听到的都是关于少年不利的话语。

望着堆积成山的密函，国王长叹一声，揉了揉太阳穴，心里跟着起了疑惑："莫非这少年，真有什么不法行为？"

这疑惑啊，就像春日里的野草，一旦生根，便会疯长。

又恰逢国王忽然病重，望着举报少年投毒的密函，国王下令把少年抓起来审问。

在审问中，少年心高气傲，举止亢奋，显得傲慢十足。官员如实将少年的表现上报，国王看着审问报告时忽然感到身体一阵疼痛，于是心生愤怒，下旨将少年收押。

此时，距少年初见国王，以"半壁江山换佳肴"名震天下，不过区区两年。两年间，从平凡人到王侯，再从王侯至阶下囚。何其匆匆！

如果非要苦中作乐，说点不幸中的万幸，则是囚牢的环境还算干净雅致。毕竟是国王收押大臣的处所，除了失去自由外，其他方面就像住在一座小宫殿里。

宫殿的窗上安装有栅栏，窗外的月光从栅栏的缝隙里透进来，洒在身不由己的少年身上。

少年透过缝隙，眼神中充满渴望地凝视着窗外自由的圆月。他回想起这两年的境遇，内心百感交集，竟忍不住悲从中来，泪从眼下。

起初只是啜泣，然而越哭悲伤越加剧，到最后则成了声嘶力竭的号啕。

"喂，那个谁啊，大半夜的这么哭，还让不让人睡？"本不该在宫殿里出现的叶凡忽然现身，抱怨了起来。

原来，叶凡漫游星海的旅程，途经少年的国度。他想寻找一个美好的地方休憩，但街头的闹市太喧嚣，王宫的殿室又太肃穆，唯独这清冷的囚笼，在叶凡眼中显得格外的温柔。

只是可惜，半夜里来了这么一位少年，悲泣的声音打破了夜的宁静。

"你是谁？为何会在这里？"繁复看见叶凡，惊诧交加，停止了哭泣。

"我是叶凡，之所以来到这里，是因为这里是这个星球上最美好的地方。"叶凡说。

"被囚禁也能算作美好吗？"繁复悲从心来。

"只要心是自由的，没有什么能把你束缚住。"叶凡答道。

"我本山中人，遍饮清泉溪，恋慕世繁华，步入尘世间，以滋味而悦人，反被滋味误，失去自由身，入此寒囚城。"

因为相遇的缘分，繁复将自己的经历全盘托出。叶凡安静地倾听，直至少年的故事完毕。

"是的，世事大多如此。"叶凡听后感叹道，"如果一切重来，你还会这样选择吗？"

"绝不！"经历过大起大落的少年幡然醒悟，"只是现在说这些又有什么用呢？"少年望向布满栅栏的窗户，内心一片苦涩。

"巧了，我恰是世间最精妙的大厨，能烹饪出举世无双的绝味。"叶凡搔了搔头，说道。

"真的吗？"少年震惊。

吱嘎一声响起，刚关上不久的宫殿大门重新打开。迎着初升暖阳的光芒，叶凡与少年被众人簇拥着送去觐见国王。

国王最近过得很辛苦，没有了少年的美食，他每日的三餐味同嚼蜡。听闻少年上报，又有更精致的菜肴呈上，哪里顾得了那么许多，即刻下令将举报少年的御厨毒打一顿，而后用隆重的礼仪迎接了少年。

只是这一次，多了一个叶凡。

宫殿里，国王高坐在王座上，好奇地打量叶凡。"他便是比繁复还要精妙的大厨吗？"

可能是见过的国王实在太多，叶凡觉得滋味王国的国王也没有什么特别的。只见他两个手指头轻飘飘地、毫不专业地捏起一根擀面杖，然后对国王说道："尊敬的国王陛下，最美好的菜品，需要人的亲自劳作，才能让滋味更美味。"

"大胆，你是要让国王亲自动手吗？"国王尚未开口，他座下的一个宠臣用阴阳怪气的声调问道。

国王听了叶凡的话，微微一愣，紧接着若有所思地说道："你说得有道理。"

出于对美食的热爱，臃肿的国王迈下王座，缓缓来到叶凡身边。

当国王刚要伸手接过擀面杖时，叶凡忽然反手握住擀面杖朝国王的后脑勺一敲，砰的一声巨响后国王迎面倒地。

群臣目瞪口呆，空气凝固了一秒，紧接着一阵急促的声音响起："来人啊，护驾！！！！"

就这样，滋味王国的国王被绑架了，主谋是叶凡以及繁复。

清冷的宫殿里，国王被堵住嘴支支吾吾说不出话来，繁复则一脸幽怨地看着优哉游哉的叶凡。而宫殿外，里三层外三层地布满了不敢轻举妄动的禁军。

"这就是你的厨艺？眼下该如何是好？"繁复此时内心无比复杂。

"别急，别急，时候未到。"叶凡像是什么也没发生一样。

如此对峙过了三个日夜，叶凡倒是照样吃照样睡觉，繁复则晚上根本不敢闭眼，而国王则在叶凡的强制下，只能喝水，粒米未进。

眼见繁复强撑着不断低下的头颅，以及宫殿外蠢蠢欲动的禁军，叶凡心知时候到了。

他解开国王被封着的嘴说道："尊敬的国王陛下，现在该邀请您来品尝世间最好的调料所酝酿出的最美的滋味了。"

只见叶凡举起刀，随意地将快馊掉的豆腐切碎，而后也不管什么热锅冷油，将切碎的豆腐放进锅里一顿乱炒，最后往里撒了把盐，整道菜便出炉了。

"哼！你这样做出的菜，能算是世间最美好的滋味吗？"哪怕被绑架，滋味国王亦不改他对美食的要求。

"你尝尝便知。"叶凡不置可否。

国王本想拒绝，然而架不住身体的饥饿，被松开手臂的他勉强举勺，将一口豆腐送入嘴中。

也正是那个瞬间，国王的眼睛忽然亮了，他的脸上充满了难以置信的神情。

"怎么可能？怎么可能？如此糟糕的料理方式，竟孕育出这般美味！远超我平生所食！"国王震惊地大喊出来，紧接着一勺又一勺地发疯似的将食物往口中送。

见到此景，旁观的繁复也震惊了，他望向叶凡的眼神里充满疑惑。

繁复也舀起一勺豆腐品尝。在他口中，这只是一道拙劣的炒豆腐，滋味平庸。为何国王会如此疯狂呢？少年眼中的疑惑更浓了。

"为什么？为什么会这样？"繁复不解地问。

"是饥饿。"叶凡答道，"饥饿是世间最好的调料。"

繁复闻言，恍然大悟。

典 守
一

世事的复杂难断，常让人陷入疑惑之中。唯有保持着清明的眼眸，详审内心的波澜，方才能够身无差池，心无退悔。

在某片浩瀚的星域中，云烟缥缈的九天上，居住着一位睿智的神王。那年恰逢神王三百亿岁寿辰，出于敬重的缘故，四方的天神莫不集会至神王的宫殿，为其献上世所罕见的宝物。

比如像山脉一样连绵的珊瑚树，像月亮一般大小的宝珠，一大片生长着金银树叶的森林。林林总总的众神礼物堆满了一整个宫殿。神王看着宫殿里用珍宝制成的日月星辰、山河大地，内心既高兴又忧愁。

高兴的是自己能拥有如此多美好的事物，忧虑处则是自己缺乏一个能料理这金山玉河的典守，打理整个珍宝世界，使其日升月落、潮涨云涌，四时运转，紧紧有条。

于是神王动用他的神力，清澈的目光照遍九天以下，意图寻找一位神明，堪任典守的职位。

可天上的神灵都是衣食无忧，快乐且悠然的，他们又岂愿被工作所束缚呢？于是没有一位神明愿意接受典守的职位。

不得已，神王派遣他的使者下凡去人间，意图接引一位良善的凡人，担任典守的职位。

神王对他的使者说："使者，汝此行，当觅良人，真心诚意，心少曲谄，惟斯人等，可堪此任。"

言罢，神王又恐使者久处天上，不解人间的曲折，又叮咛道："使者，汝当谨记，人间曲谄，多有心口不一，汝当听其言，观其行，方不致受其迷惑。"

使者言一声"谨记"便飘飘然从九天降下，落到了人间世俗的土地上。

"为什么？为什么啊！为什么像我这样一个好人，却没有好报呢？"使者刚一落地，便听见悲呼之声。

使者闻言内心大动："善恶有报，天理昭彰，缘何有人如此哭诉？莫非是世之贤人，不屑于俗世，反被世俗恶人所恼？我当往之接引，免其苦恼！"

思毕，使者循着音声找到了他自认为的"世之贤人"。

出乎使者的意料，那位贤人并不如他所想的那样，拥有一双坚毅清澈的眼眸，洁净的仪容，神采超然。相反，出现在他眼前的是一个抱着酒瓶，满脸油垢，大腹便便的年轻男人。

为了不错失贤人，尽管这个年轻男子的容貌气度庸俗不堪，使者还是变换身形，隐去仙宫的云裳华冕，变作一个普通模样的老人出现在年轻男子面前。

"年轻人，你为何要忧愁，说好人没有好报呢？是否内心有所委屈？"使者对着醉眼惺忪的年轻人道。

仿佛是抑郁的大海里抓到一根救命稻草般，年轻人听有人问起他的忧恼，便开始滔滔不绝地大倒自己的苦水。

他说自己是个好人，为什么总是那么贫苦呢？路上遇到没有食物的老人，会好心分一点食物给他，再者为人处世，也没有过分的地方，为什么自己的命运会如此悲惨呢？

善良不谙世事的使者听闻年轻人的抱怨，也跟着疑惑起来，按照年轻人的描述，他应当算是个好人，为何命运会如此悲惨呢？

正当使者疑惑不解时，他忽然记起了神王临行前的嘱托，"使者，汝当谨记，人间曲谄，多有心口不一，汝当听其言，观其行，方不致受其迷惑。"

于是使者动用自己的神力观察，这才发现了年轻男子的因果本末。

这男子只是自认好人罢了。路遇没有食物的老人，他确实分过一点食物给他。这却是他这一生仅有的几个善行而已。

这点微乎其微的善事，被他念念不忘，逢人便自我吹嘘，说自己是个好人，有极大的善心。这样吹嘘着吹嘘着，连他自己都被骗了，认为自己是个善人。

他对自己微乎其微的善事，时时谨记在心，然而对自己不善的事，却忘得一干二净。

一次次地，他为了自己谋利，不惜损害他人的利益。小则偷盗，大则售假。

这些他都没放在心上。

原来这年轻男子是这样一个"好人"，使者不由得感叹神王的睿智。

"这个世俗之人果然曲谄，对于自己的小善念念不忘，希求善报，对于自己的大恶却姑息纵容，不以为意。最后遭逢厄运，还颠倒黑白，认为好人遭厄运，世事皆不公。如此曲谄，实不能堪任典守之职，我当另寻高明。"使者低声对自己说道。

使者说完便远离了还在絮絮叨叨的年轻男子。

为了完成神王的使命，失落的使者缓缓飞向空中，在清寒的月光下，他双目微闭，凝定心神，紧接着世间的声音变得清晰。

使者动用神力，打开了天耳，人间形形色色的声音不断在他耳中响起，他意图从纷纷繁繁的声音里，找寻到真正的良善之人，赋予其典守的职位。

世俗的声音是喧闹嘈杂的。在半空之中，他听见了车轮滚滚的声音，听见了锅碗瓢盆叮当碰撞的声音，听见了医院产台呱呱落地的婴孩啼哭声，听见了病榻上行将就木的老者喘息声。

他还听见屠夫霍霍磨刀之声，以及待宰的家禽，因恐惧惊悚从骨子里发出的颤抖之声。

俗世里嘈杂的声音一起涌入使者的耳中，这使他内心大为震惊，再也无法维持天耳的灵动。一瞬间，天耳闭合了，使者也心事重重地从半空中摔落。

落下时，泪已如泉溢。"这世间怎会有如此多恐怖的声音？"使者自言自语道。

震惊归震惊，神王的使命还得继续。使者强忍着内心的惊恐，再也不敢开启自己的天耳，小心翼翼地飘浮在半空中，意图寻找良善的人。

"诚信！感恩！感恩一切！"这时，一股股言辞良善的声音从地面上某个阴暗的小房间里传出。使者听到如此的良善语言，内心也跟着兴奋起来。

"在这充满曲谄的世界里，还有人在唱诵先贤们的道理吗？这当是有所坚守的君子，必能堪任典守之职！"使者在心中默念道。

于是使者循着声音飘去。然而结果还是让他失望了，他看到的并非是一群刻苦学习先贤道理的良人，反而不过是一群贩卖物品的人，互相交流着骗人的言辞与手段。

只见一个油头粉面的男子，站在高高的讲台上，手舞足蹈、唾沫飞溅地把"诚信的心，感恩的心"的理念说得头头是道。

然而他的本意并不是去坚守贤圣的道理，相反，他是把贤圣的道理当作广告语，意图去哄骗无知的世人，好让世人放松警惕，以便成全自己的生意。

"你们要三句话不离诚信、不离感恩，这样别人才会相信你。"演讲末尾男子还一本正经地总结道。台下则响起一片掌声。

使者闻言一阵叹息："口言着良善，心却不能如一，如此何能至于远方？不过是一群可怜虫罢了。"

使者难过地转身离开，不再理会他们。他还要继续替神王寻找他的典守。

见识了世间的醉人与狡诈商人，使者再也不敢轻易地相信俗世的话语。

诚如神王所言，这是一个口是心非的世界。口中言说的道理，身心却不能去实行，最终引来苦难降临人间，这不是道理的过错，是人心的过错，因为从来没有心口如一地去践行。

看着这喧闹的俗世，使者极其沮丧，他想要离开，不愿再多停留一秒，然而他背负着神王的使命，无法离开，这让他感到十分痛苦。

使者漫无目的地在上空飞行。那时已是深夜，人间燥热的欲望渐渐蛰伏，清凉的夜风渐渐复苏。动物园里的孤狼，在栅栏里依旧不改孤傲的本性，对着明月嚎叫。

传说，天下的狼都是堕落的诗人，唯有皓月当空、万物寂寥之时，他们体内的兽性才会如潮水般退却，显露出曾吟游四方的豁达。

使者听着狼嚎声，内心悄然平复。此时的他忽然看见不远的前方，一股淡淡的光柱拔地而起，直冲向天上的星辰。

那光是如此的淡，若不是这夜太黑，使者还发现不了它。

传说，每个好人居住的屋顶上都会发出这样的光。于是使者便寻着光，找到了那间发光的小屋。这一次，他没有失望。

那是一个不大却还算整齐的房间，窗台的灯安静地亮着，一名略生华发的教书先生正在灯下批改作业。

使者动用他的神力，观察教书先生的生平，发现他的一生虽然波澜不惊，却称得上良善。

他教育学生颇为用心。

他也曾被世间种种名利鼓动，也曾自我懊恼，觉得自己没用发不了财。面对种种高昂负担不起的消费，自觉卑微。

可最终，他在自己的教育事业上尽心尽力，还常常力所能及地帮助他人。

别人说他老实，脑袋不灵光，他常呵呵一笑。

可就是这样一个脑袋不灵光的人，赢得了四周人的信赖，人们都愿意将自己的心事托付于他。

"挺好！挺好！"使者观察过后心生欢喜，他不禁自语道，"虽然算不上有极大的良善，然而所行所为亦没有大的差池，举心动念处常存宽厚，可堪典守之职！"

正当使者欢天喜地，想要动用神力，告知教书先生关于神王的聘用之事时，天空中忽然又降下了一道祥光。

那祥光莹莹，正是东方帝君所特有的，使者见到祥光，连忙行礼。"恭迎帝君大驾，不知帝君因何事，屈尊降临凡尘浊世？"

光明中，帝君的幻象缓缓浮现，他说：

"你这使者，极不懂事。净世行善，如顺水行舟，此有何难？浊世从良，如逆水溯源，方名为难。

"去去去，汝典守之职，太过卑小，当另寻他人。此子我甚器重之，当其命终之后，另予要职。"

听帝君如此言说，使者亦无可奈何，只得回应一声喏，然后重新踏上了寻找典守的路途。

铁　木

一

漫游星海的旅程何曾有终结，出生入死的行走、天上人间的游荡，莫不是意图以身的操劳，换取心的宁静。

相较于人间，天上的快乐总是那样的丰富。一次欢快的宴饮，可以持续三年不绝。在这纵情的享乐之中，巨石之神快乐得忘乎所以。

是缥缈的乐曲太动人？还是奇异的芳香最沁人心？抑或是飘然起舞的仙女们，她们精致可爱的模样让人愉悦？巨石之神因此快乐得忘乎所以。

沉醉其中不能自拔的巨石之神，搬起东海的巨山，倒置于西荒的大漠中，复取北寒的冰川，消融在南黎的炙土之上。快乐啊快乐，巨石之神跳跃着、欢唱着，厚重的双手不断撞击着胸口，兴奋得忘乎所以。

快乐啊快乐，若是快乐能一直延续该有多好，可事实并非如此，就像宴席终会有曲终人散之时。天上人间，莫不如此。

终于，缥缈的仙乐息了声音，奇异的芬芳没了影踪，翩翩起舞的仙女们纷纷回到自己的宫殿，而疲竭的巨石之神瘫倒在残宴之中，沉沉睡去。

这一睡，是何其的昏沉，仿佛无尽的黑暗在纵情享乐之后铺天盖地般席卷而来，那黑暗让人迟钝、恐惧，让你忽然觉得人生失去了意义。

当巨石之神醒来时，他惊恐地发现，在放肆享乐过后，他丢了心。

没有心是一种怎样的痛苦？仿佛世间的一切都失去了意义，就像曾茂密的森林眨眼成了荒漠，曾经动人的仙乐成了恼人的噪声，往常甘美的仙露流入口中也味同嚼蜡。

因为丢了心，巨石之神惊恐极了，遵循着仙界古老悠远的传说，他开启了自己的寻心之旅。

在不知岁月的众神传说里，若是有神放肆于享乐，丢失了自己明朗的心，那么他应当手持大斧进入寂静的荒岭砍伐铁木，当铁木折断之日，便是重寻己心之时。

这世所罕见的伐木大斧是由河伯之神从亘古的大河底中捞出隔世寒铁，火焰之神取太阳的精华将其淬炼，配以川林之神赠予的古木之枝所制成。

手持伐木大斧，巨石之神步入了寂静的荒岭，那荒岭上稀稀疏疏生长着让人畏惧的铁木。

要让丢了的心再找回，谈何容易？亦如荒岭上的铁木，又如何能轻易砍断？

在寂静的荒岭中，没有鲜花，没有绿地，天空灰蒙一片。在那里，一株株如人腰身般粗细、不生树叶的铁木突兀地拔地而起。

那铁木全身黑灰，泛着金属的寒光。巨石之神双手持斧大喝一声便朝铁木砍去，意料中的斧起木落并没有发生。恰恰相反，仿佛如同砍到金属一般，一阵铁石撞击的刺耳之声响起，隐约间竟然有火星飞溅。

一斧过后，铁木的躯干上仅留下一道如发丝深浅的砍痕，并且那痕迹还在飞快地愈合，不过眨眼间便已恢复如初。若不是巨石之神的双手被震得发麻，他甚至怀疑自己刚才是否真的砍过铁木。

咚、咚、咚。只有砍倒了荒岭上的铁木，巨石之神才能重新找回自己的心。

荒岭的四季是严酷的，寒时寒，热时热。

秋冬之时，凛冽的冷风呼啸，裹挟着北洋的水汽滚滚而来。那水汽一到荒岭的上空便止步不前，进而凝水成冰。

一时间天上的云朵如同人间冬日的屋檐一般，细细密密地倒挂满了细长的冰锥。

而后冷风大作，云朵上的冰锥一齐动摇，随后第一根冰锥松动、脱落云层，直挺挺地砸向地面。紧接着，第二根、第三根、百根、千根、万根。数不胜数的冰锥争先恐后地往下落，远远望去，就像是下了一场瓢泼大雨！

冰锥撞击在霜结凝白的大地上，绽出晶莹破碎的宝石。冰锥打在灰黑死寂的铁木上，让铁木的枝杈开出剔透琉璃的冰花。

只是这寒凉，生生彻骨在巨石之神的躯体中。他的皮肤被冰锥打得青紫，眉头紧拧着如化不开的冰霜。

咚、咚、咚，顶着漫天的冰雪，刺骨的寒凉。巨石之神缓缓地举起大斧，艰难地砍在铁木上。即使凉至骨髓，他亦未曾放弃，只因失去心的痛苦，比这寒凉还要难以忍受。

春夏时节，狂躁的火龙吐息，它卷起南黎火山的群焰，驾着黑灰的浓烟直奔荒岭。那浓烟四溅着火星，弥漫着呛鼻的气息。

浓烟在荒岭上越聚越多，里面裹挟着数不胜数、如拳大小的尘屑。那尘屑密密麻麻、遮天蔽日，让整个世界变得阴暗。

然后凭空一道火舌喷射，四周的尘屑被激荡引燃，泛起了炙热的火光。

以火引火，以热引热。遮天蔽日的尘屑被引燃得越来越多，燃烧的范围也越来越广。远远望去，天空竟燃烧成了一片火海，泛着刺目的红光。

紧接着，被引燃的尘屑齐齐向地面坠去，这是夏的流星火雨。

那炙热的尘屑撞在干涸龟裂的大地上，如同一颗颗鲜红的宝石填满了沟壑。火星打在坚硬笔直的铁木上，让干枯的枝桠开出鲜艳的红花。

只是这炙热，生生燃烧在巨石之神的躯体中。他的嘴唇裂开，背上满是被火石烫伤的疤。

咚、咚、咚，顶着漫天的烈焰，窒息的闷热。巨石之神缓缓地举起大斧，艰难地砍伐在铁木之上，即使热至骨髓，他亦未曾放弃，只因失去心的痛苦，比这炙热还要难以忍受。

如此一年、两年、十年、百年、千年……一次次寒暑交替，一次次冷热煎熬。巨石之神从未停止过砍伐，铁木依旧纹丝未动。唯一改变的是他的身躯、他的脸庞。

巨石之神的身躯不再光洁，相反满是冰与火的痕迹，皮肤的颜色灰暗，坚硬如石块，轻敲上去，竟也会发出撞击石块的声响。而他原本轻佻的面容也早已消失不见，取而代之的是一副沉稳的轮廓和坚毅的目光。

咚、咚、咚，寂静伐铁木，巨石之神重寻心。

你好，好久不见。

熬过最深邃的黑夜，远方的天空渐渐开始泛白，光明即将到来。你好，好久不见。一次次地，巨石之神抚摸着自己的心口呢喃。

咚、咚、咚，寂静的荒岭少有音声，唯有这一声声伐木之声。

咚、咚、咚，手起斧落。随着漫长悠远的时光流逝，巨石之神千锤百炼的伐木动作早已熟练至极，而熟练的极致便是一种本能，一种与生俱来的本能。

配合着呼吸的频率，以及砍伐的声音。咚、咚、咚，一次次呼吸，一次次砍伐。仿佛是砍在心上的厚壁一般，将他与内心的隔阂渐渐砍碎。

咚、咚、咚，是伐木之声？还是心跳之声？还是两者兼而有之？若有若无的，巨石之神好似看到一个模模糊糊、隐隐约约的轮廓，那是他的心，久违了的心。

你好，好久不见。他抚摸着自己的心口呢喃。

咚、咚、咚，伐木的声音在继续，心跳的声音亦然。两者越来越合拍，越来越合二为一。

巨石之神笑了，一笑忘忧。

那天酒醉之神怀抱着半坛醉生梦死之酒，瘫倒在宫殿里的床榻上。咚、咚、咚，一声声伐木之音竟然在他的睡梦之中响起。那声音是如此的清脆、响亮。

咚、咚、咚，这一声声伐木声震得酒醉之神心惊胆战、坐立不安，再也无法安心昏睡。于是酒醉之神寻着伐木声找到了荒岭上的巨石之神。

掀开醉生梦死的坛盖，诱惑人心的酒香味飘出。酒醉之神得意地对巨石之神说："仁者！仁者！甚勿砍伐，我有醉生梦死之饮，可解浮世之忧！"

巨石之神摇摇头，微笑着拒绝了，他说："若是能永醉不醒，永无忧虑固然好。可痛苦永远在你宿醉醒来后变得更加深刻。"

巨石之神的话勾起了酒醉之神的伤心事，"是啊，是啊。"他哀叹着离开。

咚、咚、咚，伐木之声依旧。

咚、咚、咚，一声声伐木之音响彻在云海深处靡音之神的宫殿。这神奇的伐木声扰乱了靡音之神精巧编排的霓裳之曲。让原本婉转悠扬、娓娓动听的乐曲听上去显得杂乱不堪。

无法编乐的靡音之神寻着伐木声找到了荒岭上的巨石之神。

拨弄起三百弦的华琴，靡音之神得意地对巨石之神说："仁者! 仁者! 甚勿砍伐，我有千色霓裳之曲，可忘岁月之殇!"

巨石之神摇摇头，笑着拒绝了。他说："若是华美的乐曲能让人永不厌倦固然好，可人心总在追求繁复中迷失，失去了对简单美好事物的追求，反而痛苦更多。"

巨石之神的话勾起了靡音之神的伤心事，"是啊，是啊。"他哀叹着离开。

咚、咚、咚，伐木之音，经历寒冬酷暑，响彻天上人间。

终于一场温柔的甘霖在寂静的荒岭上降临。

在外界，这只不过是一场普普通通的雨露，不会有人去珍惜。可在荒岭上，对于久受雨雪烈焰的巨石之神而言，这是浸润生命的水滴。

从来都是失去，让人更加懂得珍惜。

感受着难得的滋润，巨石之神快乐且安详，那一刻，他手中的巨斧格外轻盈，轻轻一晃，铁木竟如薄纸一般应声而断。与此同时，随着一阵噼里啪啦的声响，他那饱受雨雪烈焰的皮肤也在这甘霖的滋润下皲裂开来，破碎的死皮窸窸窣窣地落下，露出了内里光鲜洁白的皮肤。

你好，好久不见。巨石之神抚摸着自己崭新的心口，呢喃道。

该如何形容错误与苦难？你能一生从未遇到，固然好，可若是有，正确地直面它、承受它，它能使你变得更加坚毅。

祭夏仲

一

在星海偏隅有一颗平凡的星球，星球上有一株参天梧桐。梧桐树上聚居着一群夏虫。夏虫者，夏生秋死，不可语冰也。

然则，夏虫不可语冰，在旁人眼中或许十分遗憾。可世间的事物往往是得到后再失去，才会让人倍感可惜。若是从一开始便未得到，也就没什么遗憾。

对于夏虫而言即是如此，它们夏生秋死，从不知冰为何物，故而亦没有遗憾。

那一日，晨曦微凉，整夜的盛夏欢唱会后，夏虫之王夏仲心满意足地躺在枯草编制的王座上，沉沉睡去。

在梦里，他神游到了参天梧桐树下一片死水中，那里有蜉蝣国度。

蜉蝣者，朝生夕死，不可语月也。

夏仲见蜉蝣众多，时聚时散，便好奇自语道："嘻，世间竟有如此小虫，不过足趾大小，着实可爱！"

猎奇的夏仲于是追逐着蜉蝣东奔西走，那些蜉蝣似无大心智，只是本能地被夏仲驱赶奔跑。不多久，蜉蝣们似乎力尽。

此时，蜉蝣之王从众蜉蝣中走出，他怯懦地朝夏仲行礼，讨好地说道："上仙！上仙！祈止神通！我辈蜉蝣无大力量，总被驱逐，恐劳成伤！"

夏仲闻此急忙停下了脚步,略带歉意地对蜉蝣之王说道:"我原以为蜉蝣无大心识,不知疲倦与辛劳,故而追逐。今见仁者,方知谬误。"

蜉蝣之王见夏仲如此说,心中稍安,又回复道:"上仙有所不知,我辈蜉蝣虽无大智识,然亦贪生怕死。我乃天幸,于蜉蝣中略长智识,能通语言,故而为王,为上仙说此蜉蝣心事。"

蜉蝣王言毕,众蜉蝣齐聚在他身后,一个个颤颤巍巍地,全身散发着幽幽的绿光,似是无言的倾诉。

夏仲见此,明白了蜉蝣一族的心意,他又出言对蜉蝣王说道:"仁者,您既长智识,又通语言,有别于寻常蜉蝣之类。何不与我一同齐上这参天梧桐树上,做夏虫一族。我辈夏虫,朝饮晨露,夜鸣凉月。这月之美好,难以言说,总好过你身为蜉蝣,朝生夕死,不可语月也。"

蜉蝣王听此心生向往,却眷恋着自己蜉蝣国的王位,又不知夏仲所言的月亮为何物,是否真如他所描绘的那样美好,于是婉言谢绝。

是夜,夏仲在清凉的月光中惆怅着醒来,他低头扫一眼梧桐树下的那片死水,那不知名姓的蜉蝣王,如今大约是死了吧。

"诚然,蜉蝣不可语月也!语之亦无用!"夏仲感叹一句,随即在臣民们的邀请下,开启新一轮的颂月欢宴。

又,那颗星球上有一名隐居者,号曰"逍遥子"。他的庭中栽有一棵梧桐,恰是夏虫眼中的参天大树。

那一日,逍遥子呼朋唤友,于庭中摆上一席欢宴。酒酣情畅后,逍遥子屏退下人,在庭院中伴着月光入眠。

在梦里,他神游到了梧桐树上,那里有夏虫国度。

夏虫者,夏生秋死,不可语冰也。

逍遥子见夏虫唧唧,整齐罗列一排对着月儿欢唱,扇动翅膀此起彼伏。逍遥子好奇自语道："嘻，这世间竟有如此小虫，不过足趾大小，却能对月而鸣，声调竟也颇合音律。"

猎奇的逍遥子于是开始捕捉夏虫，想要捉一些放入笼中，成为把玩的佳物。众夏虫因此四散逃亡。

不多久，夏仲便被众夏虫给拱了出来。只见他怯懦地朝着逍遥子行礼，讨好地说道："上仙！上仙！祈止神通！我辈夏虫亦爱自由，若被捕捉，恐心损成伤！"

逍遥子见此连忙停下了脚步，放走手中捕捉到的夏虫，略带歉意地对夏仲说道："我原以为夏虫无大心识，只需温饱即可，不知自由为何物，今见仁者，方知谬误。"

夏仲见逍遥子是个讲道理的人，心中稍安，于是回复他道："上仙有所不知，我辈夏虫虽无大智识，然亦知自由可贵。我乃天幸，于夏虫中略长智识，故而为王，且有姓名，名曰'夏仲'。"言毕，夏仲朝逍遥子拱手作礼。

逍遥子见夏虫能学人礼仪，不由觉得有趣，亦朝之回礼说道："见过夏仲王，小生逍遥子。"

夏仲见逍遥子回礼，心中高兴异常，连忙邀请他一同列席，聆听夏虫们颂月的歌咏。逍遥子从善如流，安坐了下来。

只听夏仲一声令下，原本慌乱的夏虫重新排列成行，齐整地扇动翅膀成音。左弹宫商，右调徵羽，最后绵绵密密重复，竟有些曲调。

逍遥子初听觉得新奇，然而久坐之后发现夏虫们的音乐只是单调循环，不由觉得枯燥。于是他对夏仲说道："仁者，您的音乐循环往复，似乎是同一个曲调。"

夏仲对此犹若未觉，反而很骄傲地回道："上仙，我辈由夏至秋，所颂的都是一个曲调，实乃人间第一妙音！"

逍遥子闻言莞尔，心想："古人言夏虫不知冰，此言确然。"

一念思及至此，他便对夏仲说道："仁者此处音乐虽然美妙，然而与人间管弦颇有不同，若是仁者随我一同去人间，听听人间的管弦，恐怕会有新的看法。这人间有冰雪之音，似雪一般寒凉，又冰一般玉洁，比之夏虫唧唧，又别具一番风味。"

夏仲听闻此语向往人间，可刚要答应动身，却被自己身旁的配偶拉住。看着她娇小纤弱、挥动着触角讨好的模样，夏仲心生不忍。并且逍遥子所言冰雪之音，自己也从未听过，不知是真是假，也不确定是否如他描绘的那样美好。自己从未得到的东西，没有机会去见识一番似乎也并不可惜吧？

一念思及至此，夏仲婉言谢绝了逍遥子的邀请。

翌日，逍遥子在满身惆怅中醒来。那年深秋，庭中梧桐落叶尽时，多愁善感的逍遥子写了一篇《祭夏仲》，用以祭奠他与夏虫曾经的相遇。

其词曰：

> 夏虫！夏虫！何可语冰？
> 仁者！仁者！相逢别离！
> 人无长志则陷于庸俗，世无破釜则沉于蠢蠢。
> 哀兮，哉兮，咎由己兮。
> 痛兮，悲兮，无能为力。

蜉蝣不知月光，夏虫难言冰霜，那么人呢？生而为人一场，有没有他所不了解的事物？他所不明白的哀伤？

哪怕是多愁善感如逍遥子，也从未这么想过。

只是那年隆冬，他裹着裘皮与一众宾客设宴于堂，一边烤着炭火，一边欣赏着窗外的积雪寒梅，那景色白里透红，似如红焰。

情至欢畅处，逍遥子忍不住令下人献上胡琴，随手拉动琴弦，半吟半唱了那首《祭夏仲》。唱到"痛兮，悲兮"之句时，他的内心忽然也跟着忧伤了起来。他停止拉琴，默默抚起琴身。宾客们依旧各自欢笑，未曾察觉异样。逍遥子也很快从悲伤中走出，继续与众宾客把酒言欢。

待夜深，送走诸位客人之后，他一人在残宴里小酌。此时灯光已有些黯淡，他举起酒爵，对着明灭的宫灯烛影拱手作礼，随即欲饮。在昏暗的烛光里，他竟看见自己的脸倒映在酒杯中，他的两鬓不知何时已花白。

曾经的少年逍遥子，如今老矣。

一饮入喉，他寻来身边的胡琴。弹奏的同是白日的曲调，只是这琴声入夜后更显凄凉。"哀兮，哉兮……痛兮，悲兮……"

逍遥子不知道的是，他的歌声在寂静的雪夜里一曲三折，竟飘然至月上。

月上有宫殿，叶凡正在其中饮茶。逍遥子一句"相逢别离"激荡起他内心的涟漪，他随手取了一滴月殿上的甘露，将其洒向人间。

那一夜，逍遥子梦见从天而降的仙人，名曰"甘露生"。甘露生问逍遥子有何苦难，为何唱相逢别离之歌。

逍遥子把自己与夏仲的故事和盘托出，仙人听完后问逍遥子："仁者，你即已知蜉蝣不知月光，夏虫难言冰霜，又可知为人的苦难？"

逍遥子闻言忽然想起酒爵里自己的倒影，他惨然道："莫不过生不知何所来，死不知何所往。少年轻狂，老却凋零，欲得幸福绵长，却多有争斗心伤。"

诚 童

一

在无尽星海之中，有那么一个崇尚书写的星球，人们喜欢孜孜不倦地探讨书法的道理。一幅名家的字画便可价值千金，书法家更是人人仰慕的存在。

那一天，县里的庠序组织邻近的才子到郊外踏青写作。才子们漫步在春和景明的郊外，在宽大的案几上随性挥毫洒墨，好不惬意从容。

然而有一名放牛小童，他牵着老牛站在不远处，怯懦又向往地望向才子们的诗宴。

那小童七八岁模样，眼睛颇水灵，只是一身短衣粗麻，脸也不甚干净。如此年纪不入庠序，反而以放牛为业，自然可推知家中的情境拮据。

可不知怎的，似乎洁白的宣纸、浓郁的墨香对小童有着天然的熟悉与诱惑。小童双手不知如何安放，怯生生地站在不远处，不时朝案几上张望。

庠序的教授是个宽厚的老者，他见小童如此模样便动了恻隐之心，于是唤人把小童召到身边。

问："孺子张望为何事？"

答："欲写。"

又问："既欲写，读了几年诗书？"

答:"不曾读。"

再问:"不曾读? 可识字否?"

答:"不识字。"

教授闻此回答,顿感莫名其妙,不识字写什么? 以为这不过是世俗顽心的小童,将写字视作嬉闹玩乐。

于是他颇为不满地喝道:"字非嬉戏,主敬存诚,汝既不识,如何能写? 去,去,去,勿来烦扰。"言罢,命人分了些点心给小童,便置之不理。

那小童手握着点心,却是不吃,依旧怯生生地站在远处,时不时探头探脑地往案几处张望。教授看在眼里,却并不理他。

终于日将为暮,书写了一天的才子们陆续收拾整理,而小童依旧不时朝人群里张望,手里的点心依旧是一口未动。

教授毕竟是宅心仁厚的长者,眼见如此总觉过意不去,于是唤人再把小童召来,言道:"你且净手,执笔在纸上一横一竖,便算写过'十'字了。"

小童闻言大喜,行礼谢过教授后,净手站在案几前。

那一刻,小童的世界寂静了。日暮归鸟的叽喳声在他耳中仿佛一声声归家的讯号,让他的心沉淀、安详,如同回到家中一般自在。

他执起笔,不紧不松地捏着,虽然没人教过他正确的执笔姿势,但他的动作仿佛千锤百炼一般娴熟。悬空腕转,一笔一画间,笔墨苍然流淌,浸透纸背。

小童并没有照教授说的按一横一竖写个"十"字便了事,反而如同本能一般横竖弯钩,最后跃然在纸上的竟是一个连他自己也不识的字。

那是一个"诚"字。

教授见小童写的字，先是惊喜得目瞪口呆，而后又气得身体轻微颤抖，他大声喝道："来人，拿罚尺来！"

"汝尚年幼，何能诓人？明明识字，怎说不识？"他扒掉小童的裤子，只听啪的一声，教授的罚尺落在小童的屁股上，一道红印浮出。

"老夫乃一县教授，虽不知汝是何人家，但教导汝不得说谎，想来汝父母也不会介意。"话音刚落啪的一声又响起。

教授为人正直，一生以教育为事业，育出的知礼门生不计其数，据说如今知府大人的屁股也曾被他打过。所以他打人，别人还真不敢有什么意见。

只是年幼的小童尚不知自己犯了何错，又不敢反抗，只管在那里哭，完全没有了写字时的气派模样。

"弟子不知何错！不知何错！"小童道。

"汝明明写得一手好字，怎诓我说不曾读书识字？"教授问道。

"真不曾读书，不曾识字。"小童答曰。

啪的一声再次响起。

如此反复三次，教授也不知是没了脾气，还是终于察觉出了异样，他停止了责罚，重新问道："汝真不识？"

"不识！不识！"小童带着哭腔，还带着被打出的几分冤屈。

就在教授百思不得其解时，附近的一位才子才插嘴说自己对小童依稀有印象，小童家境拮据，应是上不起庠序，恐真的不识字。

"奇哉怪哉！"教授这才知道打错了人，连忙替小童拉上裤子，好一顿乱哄，如什么教他读书习字，什么教他学习礼仪，各式各样的承诺都许上了，好不容易才安抚了小童。

"先生，不知我刚写的字，究竟是何字？"听闻自己能读书识字，小童也是雨过天晴，高兴地向教授请教。

教授说："孺子谨记！此是世间甚高贵的字，名曰'诚'。"

此时已是夕阳西下，教授拿起小童写的字仔细观摩，越看越觉欢喜，越看越觉颇有神韵，若不是亲眼所见，他绝不会相信，此字竟然出自一名不识字的七八岁孩童之手。

"上天何独爱乎孺子？"欢喜至极处的教授不禁用手抚摸着小童的头感叹道。

于是天生诚童，不识却能书的消息不胫而走。小童成了人们争相谈论的焦点，各府各县的老爷，莫不以能请他到府上写字为荣。

又一次，老教授推却不过，带着诚童拜会朝中还禄的阁老。

如今小童早已没有了当初寒酸窘迫的模样，只见他脚穿云靴、羽扇纶巾，面目亦洁白明净，配着他本就水灵的眼睛，整个人顿时显得气宇轩昂，如同个小状元一般。

谢过府上各位老爷后，小童凝气站立于案前，起笔如山，纵横似云。不多时一个大大方方、飘着墨香的"诚"字便灵动于纸上。

早已按捺不住的阁老踱步到案前，细细品味，一阵阵叫好声从他口中传出。待墨干后，他将小童的作品传于四周宾客。宾客亦兴致盎然，击节赞叹。

"果真是难得一见的神童！"阁老不吝赞美之词，"小公子还会写其他字否？"意犹未尽的阁老询问道。

"其他字刚练，写得不若'诚'字好。"教授见此赶忙圆场。

"不妨，不妨，随意写写。"阁老相邀。

推却不过的小童只得提笔另写了几个字，果不其然，虽然依旧笔画间颇有章法，然而只能算是及格，意境上远不如"诚"字深刻。

"奇哉怪哉！天生诚童！不识却能书！"阁老等见此场景，纷纷大叹惊奇。

天生诚童，不识却能书的消息广泛传播。经历过最初的惊叹，后续的影响陆续而来。

教授的首席大弟子在诸弟子中学识最丰，原本教授出席诗会总爱携大弟子一同前往。大弟子也不负众望，所作的诗词歌赋皆上乘，笔书亦飘然，总能成为瞩目的焦点。

可自打小童来了以后，一切都被改变。那小童一不会吟诗，二不会作对。笔书也是，除了一个"诚"字写得传神，其他的都只能算凑合。

可恰是这一招鲜，走遍天。邻近的长老，都以小童为神童，纷纷拜帖相邀。如此一来，大弟子毕竟是受冷落了。

心有不甘的大弟子决定扳回一城。大弟子是个正直淳厚的君子，他不屑背后中伤的下作手段，要比，自然要比得光明正大。

"既然汝以'诚'字为上，那我当诚之又诚，超越于汝。"大弟子心想。

于是大弟子谢绝一切事务。他早起晚睡，少衣少食，专写一个"诚"字。

每日早起，大弟子必沐浴焚香，净手静心，而后笔书，一书便是一日。每日夜深，大弟子必朝着"诚"字跪拜三次，方才入眠。

如此过了三月。终于某一天，大弟子拿着自己书写的"诚"字与小童的对比，心中一喜，觉得自己有了胜算。

翌日凌晨，大弟子早早起身，沐浴焚香，端坐在字堂静候小童。然而这一切小童无从得知，在这三个月里，小童除了学习教授强制要求的功课外，并无上进，乃至于日上三竿的懒觉不知睡了几回。

眼见小童眯着惺忪的睡眼步入字堂，大弟子按捺住内心的激动，假装随意道："小童，来，我们写写'诚'字。"

"好啊。"小童并不知背后曲折，便随口答应了。

于是大弟子重燃新香，隆重地朝字堂里挂着的圣贤画像拜了三拜，提笔恭书。

也许是诚意的感召，大弟子所书的字，神韵盎然，相比昨日似又缥缈了几分，围观的弟子们莫不交口称赞。

小童对此倒也无所谓，随意提笔，不经意间挥洒笔墨。

按理说这几月小童少有练习，应进步不大才是。可事与愿违，仿佛如同顺水行舟一般，他"诚"字的造诣，无桨自行，相比数月之前，又高深了不少。

大弟子拿着小童的字和自己比，越看越觉小童的"诚"字深邃，自己比之不及，越看越觉得心里不是滋味，再想想这三月来自己的诚心拜写，不禁悲从中来，泪水外涌。

"皇皇上天！何得独厚一人？我废寝忘食，斋戒沐浴，所书诚字，竟不如一小子游戏嬉闹、信笔所书？此是如何之诚？如何之理？"大弟子心中百感交集，独自望着天问道。

痛苦的大弟子经受不住这样的打击，他奔到教授房间，跪倒在教授面前，涕泪俱下道："弟子不才，劳心费力只得寸进，竟不若区区小子随笔所书，可见弟子失德无能，若再厚颜留住，恐丢先生脸面，愿得离之。"

老教授搞清前后因果后勃然大怒："混账！混账东西！"他颤颤巍巍地拿起罚尺，一下一下地狠狠朝大弟子的背上打去，"混账东西！气死老夫！圣贤教导的道理，进则治国安邦，退则修身养性。你这混账东西，竟拿来攀比嫉妒，混账东西！"

教授这一骂倒是把大弟子给骂醒了，他也不是真的想离开，只是一时情绪上接受不了罢了。眼见自己惹了教授生气，顿时吓得面无血色，只得跪在那里，任由教授的罚尺打。

而小童则依旧无所事事一般留在字堂，像个没事人一样。他还小，还不懂得太多。

是日夜深。

老教授一人在屋内点蜡笔书，竟然他也在写那"诚"字。

写完后，老教授将自己写的字与小童白日所写对比，这越对比，越觉得自己的字，似乎，似乎，亦有所不如。这让教授疑惑不解。

"天道平等，酬勤嘉诚，这臭小子少勤少诚，为何却能写出如此之字？这究竟是何道理？"教授揉了揉自己的太阳穴，百思不得其解。

自打一字赢过大师兄以后，小童在学堂里的名声直线上升，除了见老教授外，可以说是属螃蟹的，横着走路。

于此，诸位敦厚的师兄亦无可奈何，想要出声训斥，又恐自己倒了和大弟子一样的霉，因此众师兄还是选择闭嘴。

那小童也正是爱玩的年纪，亦不懂事。他学业上马马虎虎，不求上进。老教授训斥他一顿，他则好个三五天后又开始飘飘然了，真是让人头疼。

那天，邻县一次诗会结束，小童不急回学堂，向主人家借了几匹好马，与师兄们一并闲游郊外。

那时已入秋，俗语云秋高气爽，天澄地清，这又是好马又是好天气，让众人平白生出几分豪迈之情。

顽心的诚童不甘小马踱步，狠狠抽了小马一鞭子，小马受惊跑了起来，而小童则紧抱着马颈，面上却是一通嘻笑。

见此情景，同游的师兄也不恼怒，纷纷策马追上，与小童一道奔驰起来。

这好天气，谁都想畅快一番不是？

就这样大约跑了半个时辰，众师兄弟到了一座荒废的老宅前。

那孤零零的破败老宅于郊野之中，不大不小，整个老宅里不过十来间小屋，只是其中蛛网纵横，阴森恐怖，让人心头添了几分寒凉。

小童止马在老宅前，莫名觉得心里堵得慌。

"是的，这是我县'写死人'的旧宅。"同游的地主介绍道。

"仁兄，不知何为'写死人'？"有师兄不解而问。

有稀奇事可以讲，同游的地主在马背上挺了挺腰，饶有兴致地说道：

"这屋里有个写字写死的书生，所以称为'写死人'。传说这'写死人'的脑袋是榆木疙瘩做的，《三字经》读一句忘一句，习字三年，连自己名号都不会写。他老父母见其如此不开窍，也便绝了让他习字的念头，准备给他张罗亲事，安安稳稳过一辈子就是。

"可这'写死人'不甘心，不知从哪听来'诚之又诚，必得感通'的道理，认准了那死理。于是春夏秋冬，两耳不闻窗外事，闭起门户来专门写字。起初别人觉得此子坚毅，还会拜访一二。然而这'写死人'是真的天生愚钝，写了十来年的字，章法依旧凌乱，还不如学字三四月的小童，自此便再也没人去拜访他。又过了十来年，老父母去世，他依旧在写。唯有家中柴米不够了，才会出门卖卖家伙什，卖完又回家继续写。

"后来接连三个月'写死人'没出门。旁人觉得怪异，去他屋里打探，才发现那'写死人'已死了，就死在书房，手里还握着笔。

"县里的老爷觉得此人诚意感人，于是出钱将其给葬了。至于此屋，大家都觉得风水不好，竟出了这个榆木脑袋，便再也不到这附近来。于是这宅子便彻底荒废了。

"如今这'写死人'，死了有七八年的光景吧。可惜咱们的诚童没遇到，不然这一愚一聪的对比，可是让人感叹。

"上天待人，确实有厚薄之分!"

小童听了地主的话，脸上没有丝毫骄傲。相反他眼中含泪，然后下马发狂似的往老宅里冲，众师兄拦不住，只好跟着进去。

只见那小童轻车熟路般直冲书房，从早已破烂的柜子里取出了一个樟木制的小盒。

他用袖子拭去灰尘，将密闭的小盒打开，吱呀一声响，小盒打开了，一张锦帛放在其中。

小童小心翼翼地将锦帛展开，只见一个"诚"字，浑厚，灵动，深邃，跃然于纸上。

见那"诚"字，小童泪如雨下。他说:"那'写死人'，愚笨得紧，听人说'诚之又诚'的道理，觉得对，又不知什么是'诚'，于是就专写一个'诚'字，三十二年，不论酷暑寒冬!"

众师兄你望望我，我望望你，皆不知如何言语。

众人细心对比"写死人"与小童的"诚"字，竟然发现其风格一脉相承。众人再推算两人的生卒年月，"写死人"所死之日，恰是诚童诞生之时。众人巨惊。

入夜，回到学堂后的小童一改往日的懒惰，谢绝一切嬉闹，不言不语，挑起灯来用心书写。教授见其如此，如同见到太阳从西边升起一般惊诧。

后来同行的师兄弟将锦帛与"写死人"的故事向教授汇报后，教授方才释然。

"如是哉！如是哉！上天待人，岂有厚薄乎？唯诚之又诚，方得感通耳！"老教授摸摸胡子，莫名欣慰。

阿　狸

一

在星海偏隅有一处人间，那里与其他苦乐掺杂的人间并没有什么不同，阿狸诞生其中。在她出生之时，屋子外一阵风雨，室内莫名又泛一阵胭脂与花粉香气。阿狸的父母不知所以，于是便请来神婆看看新诞女婴的过往与命运。

神婆老态龙钟，拄着蛟杖而至，先是口中念念有词，焚香对着神案一阵祝祷，而后奋力睁开浑浊的双眼。她先是往地下探，见不着女婴的过往，紧接着朝天上寻，忽然见一片歌舞欢腾、云雾缭绕。

原来这女婴原是天上的神女之婢阿狸，她贪婪享乐不能自已，丢失了自己本不多的仙心。失了心，神志昏迷的她便往下堕落，原本将落于暗无天日的幽冥世界饱尝辛苦。可那时天上忽然飘下一双无形的巨手，巨手直追昏迷的阿狸，托举着她缓缓朝天上飘。巨手本想将阿狸带回天上，阿狸却在途中清醒，一眼便望见人间的繁华，于是心生向往，便从巨手中挣扎而出，这才沦落人间。

"她本是天上的仙人，唤作阿狸，因沉溺于享乐无法自拔故而流落人间，若是她将来依旧试图颠倒众生，晚景必将悲凉。"神婆闭上眼缓缓说出从心底自然浮现的话语。

女婴的父母听了后不知是快乐还是凄凉，心中暗暗谨记神婆的话语，并将女婴取名阿狸。

阿狸生而妖娆，从小便是粉雕玉琢、惹人怜爱的模样，待长至十七八，一双眉眼似含秋水，举止之中波澜人心。此时父母更加警惕起神婆的话，便将阿狸深锁在院中。

阿狸家的庭院里栽有一株桃花，那时正是桃花泛滥的时节。身不由己的阿狸在桃花枝下架一个秋千，一边荡漾着，一边唱着跌宕起伏的歌谣。

那天县令的公子与仆人一起外出踏青，若有若无地听见了阿狸荡漾的歌声。在仆人的怂恿下，公子爬上墙头窃看了一眼歌者。阿狸发现来人却犹若未觉，轻轻一转身便风情万种地继续唱着。

公子见此神魂颠倒，从墙头上跌落，自此茶不思饭不想，日日辗转反侧无心睡眠。县令见此于心不忍，将仆人打了一顿后请媒人提上彩礼到阿狸家提亲。

阿狸父母眼见媒人到来，又知县令家是个好人家，虽然阿狸年纪尚小，然而算得上是一个好归宿。于是父母推开闺门与阿狸商议，想听听她的意见。

阿狸听后用薄纱掩着唇口轻笑，指着铜镜里的自己对父母说："双亲大人，您的女儿如此风华，又怎能甘于区区如此呢?"

父母听了阿狸的话又忆起神婆的叮嘱，内心的忧虑与日俱增。

县令公子见求亲不得当即大病一场，三月方才病愈，然而依旧不死心，于是便借着诗会访友的名义邀约阿狸外出。

县令公子来得殷勤，父母怎么也拦不住，于是阿狸的美貌开始在四处传播开来。不止一个县城的青年才俊，附近府州的年轻公子们，莫不蜂拥而至阿狸家，都想要一睹芳华。

一名从省府来的富商子弟，眼见阿狸涂着口红巧笑嫣然的模样，一下子忘乎所以，当即许诺给阿狸修一楼阁，名曰铜雀楼。

本来富商子弟是想以铜雀楼作为迎娶之礼。不承想铜雀楼落成后，他刚想开口，便被阿狸抱着他的脖子一阵撒娇。富商子弟一阵激动什么话也说不出，铜雀楼便这样送给了阿狸。

阿狸看着富商子弟呆若木鸡的模样，忍不住掩口偷笑，心中洋洋得意。"这人间我最美，能让男儿们个个倾倒。"阿狸如此妄言道。

一名远方而来的文人骚客，在铜雀楼外远望见阿狸的一丝背影，心中的爱慕之情忍不住涌动，于是作《女神赋》一篇。该赋辞藻艳丽，很快被四周人传抄，最终流入阿狸手中。

阿狸看着纸上的《女神赋》，这赋字字句句将自己呼为女神。阿狸则是越看越是欣喜，嘴角缓缓上扬。阅罢她眼眸一转、灵机一动，请来《女神赋》的作者入铜雀楼喝茶以表谢意，而自己则浓妆艳抹，亲煮一杯花茶奉上。

接过花茶的文人，望着眼前的阿狸不由得春心荡漾。离开铜雀楼后，文人为博得伊人再次垂青，又发奋写了不知多少赞美阿狸美貌的句子。一时间所有人都以女神二字称呼阿狸，这恰如阿狸所愿。

就这样，阿狸凭借着自己的美貌肆意颠倒众生。

恰是那时，叶凡从天上降落在人间铜雀楼不远处。他搭建起茅草房屋，随后往房屋的院子中央一指，地面顿时开裂，井水涌出，自然形成了一口深井。

那井水滋味甘甜，若是用来泡茶，茶香四溢，能塞满整个院落再溢出墙外。四周的邻人闻见茶香，纷纷登门拜访要井水。叶凡来者不拒，渐渐地院落中的井水声名远扬。

县令的公子对阿狸依旧未曾死心，只是如今的阿狸已是女神，被太多权贵环绕，自己则不过区区县令之子，算不上富贵，这使他忧心忡忡。

县令公子听闻叶凡的井水神奇，首先想到的不是取水泡茶孝敬父母，而是拿着它去讨好阿狸。"这井水确实神奇，想必女神能因此高看我一眼吧。"公子的心绪卑微。

因为顾及着往日的情谊，虽然此时阿狸的铜雀楼已门庭若市，但是她还是在入夜的时候，谢绝了访客，腾出了静室，煮水泡茶接待县令之子。

叶凡的井水确实特别，刚煮开便云雾蒸腾，缥缈着比一般井水更浓郁的水气。待投茶入壶，浸润出的茶汤是纯香又怡人。阿狸手捧着杯盏小酌一口，顿时心喜眼开，仿佛全身上下的郁结都被冲开了一般，十分轻快。

"公子之水，确实神奇，不知是从何处寻来？"阿狸忍不住问公子。

"女神喜欢就好。"见博得了阿狸的喜欢，公子高兴得不能自已，"此水是不远处一户人家院中的井水，院子的主人叫叶凡。"

叶凡？叶凡？

不知是何原因，一听见叶凡二字，阿狸的心里忽然一震，眼里的泪更是没缘由地落下。

公子见此慌了神，忙问女神究竟怎么了？是不是身体不舒服？阿狸对此无心解释，借了个由头打发走公子，后辗转至夜深方眠。

翌日上午，阿狸神采奕奕地起床，嘴里哼着不知名的小调，一会儿摆弄头饰，一会儿整理衣服，还不断地问身旁的侍女，如此是否好看，怎样更显质朴？侍女见了都觉惊异，直言自己从未见过阿狸如此反常。阿狸也不知自己为何会如此。

也许是昨日茶香太悠远的关系,阿狸舍弃了浓妆艳抹的装扮,换了一身素衣,插一支朴簪,粉末也淡然,与往常大大不同。

化妆完毕的阿狸随即前往拜访不远处的叶凡。叶凡似乎也早知阿狸来意,院子的柴门一推便开,阿狸见到了正在自饮自酌的叶凡。

仿佛是故友重逢一般,叶凡见来人微微一笑,道一句:"来者皆是客,请坐。"随后顺手指了指座位,阿狸便坐了下来。

烧水、投茶、品茗。

"先生此处僻静,茶水又轻盈,确有不同。"阿狸见叶凡淡然的神情,莫名觉得自己心中很平静。

"只是些山野的清闲物,算不了什么。"叶凡回道。

"我从朋友处得知先生院中井水不凡,故而今日冒昧来访,不知先生井中水作价几何?我好买些日常饮用。"阿狸又问。

"水味平等,无咸非甜,若要作价,万金难易,如今分文不取,算是结缘。"叶凡答。

阿狸一听叶凡说得文雅,心中十分高兴,更加觉得叶凡特别,于是之后便常来拜访。

只是每次阿狸前来,叶凡不过将她当作一名普通朋友待之。不迎不接不送不奉承,有话便闲聊两句,无话亦不费心找话题。

久而久之,阿狸心中起了疑惑:"难道是我不够漂亮吗?"

为了回答自己的疑惑,她拿着小扇站在铜雀楼上,轻摇着往脸上送风,似乎天气很热。只听见扑通扑通,铜雀楼外不断传来有人从树上掉落入水的声音。阿狸听了捂嘴一笑,心里有了答案。

第二天，阿狸一改往日见叶凡的朴素装扮，好生打扮了一番，浓妆艳抹地拜会叶凡。

拜会的过程中阿狸用尽心思，一会儿是伸手接茶时露出玉臂，一会儿是俯首弯腰捡拾遗物，一会儿又是掩住嘴唇，眼波流转，轻声巧笑。

叶凡对此视若未见，一如往常般煮水饮茶。这让阿狸内心又气又急。"我这样的美丽，这世上的男儿哪个能抵抗住我的魅力呢？"她在心中不断地重复这样的话，可叶凡依旧不为所动。

拜会悄然结束，阿狸不甘地离开，在出门的那一瞬间叶凡终于一改往常的习惯，轻唤了一声阿狸。

阿狸听了内心由悲转喜，刚要转身看着叶凡，却听叶凡说道："阿狸，以色事人者，色衰而爱弛，爱弛则恩绝。"

自得于自己美色的阿狸，怎能听进叶凡的良言。只见她不喜反嗔，狠狠地跺了一脚，头也不回地离去，没能听见身后叶凡若有若无的一声叹息。

回到家后的阿狸抱着枕头大哭了一场，一边哭一边骂，说世间怎有如此不解风情的木头，实在讨厌。

阿狸的哭骂之事被侍女传出，她的爱慕者们听了纷纷摩拳擦掌，都想要找叶凡麻烦为给阿狸出气。

叶凡于此早有所知，在当夜人间万物都已沉睡之时，一人悄悄重返天上。找麻烦的人扑了空，院中的井水渐渐干涸，阿狸也见不到叶凡了。

叶凡之于阿狸，仿佛人生里的一个插曲。没有了叶凡，阿狸的人生照着她想要的方式前进着，众生因她颠倒，自己的美貌被广泛传颂。

天上一日，人间一年。叶凡在天上停留不过数十日，人间却已经过数十春秋。

这数十年来，阿狸过得很辛苦。前几年在她姿色还很亮丽时，她依旧能呼风唤雨，令才子折腰，使权贵屈眉。

可是人毕竟会衰老。渐渐地，她的皮肤不再有光泽，眼角开始爬上皱纹，曾经眼睛里的灵气也变得平庸，身材渐渐走样。

在某天的清晨，阿狸早起梳妆时随意一瞥铜镜中的自己，那人老珠黄的模样使她大为震惊。阿狸一把将铜镜推翻，大喊大叫道："不！那不是我！"

之后阿狸开始遍寻各式各样的仙丹灵药、驻颜妙方，意图使自己恢复美貌、青春永驻。

可那些仙丹灵药价格高昂、制作不易，起初或许有用，可用过一段时间后效果总会大减，阿狸不可避免地继续衰老了下去。

渐渐地，称呼阿狸为女神的人越来越少，她的门庭也越发冷落。

曾为她建造铜雀楼的商贾，突然在某一天找到阿狸，直言自己经商上有些困难，想要向青春不再的阿狸收回铜雀楼。

阿狸于此自然不肯，像个泼妇一样把商贾骂了个狗血淋头，还拿着写有自己名字的房契，信誓旦旦地声称铜雀楼是自己的，谁也别想拿走。

吃了闭门羹又无可奈何的商贾怀恨在心，于是便使人编造有关阿狸的谣言，什么样恶毒的语言与污秽的故事都往阿狸身上编造。

人们见阿狸平时的为人处世，或多或少相信了商贾编造的故事，于是人们对阿狸的评价急转直下，从女神变成了荡妇。

街头巷尾的小孩传唱着羞辱她的歌谣，往来过路的妇女见着铜雀楼都不免叉着腰骂一句荡妇楼。

在失去姿色的阿狸遭受苦难时，之前喊着她女神的人们全部都没了踪影，除了县令的公子偶尔前来看看她。阿狸独自一人承受千夫所指，夜里的枕头不知湿了几回。

后来一场别有用心的大火把铜雀楼焚烧殆尽。总是在男人间卖弄风骚、待价而沽的阿狸没有了依仗，更无处说理，只得从铜雀楼的余烬中挖出少量钱物，另寻一个偏僻处清寒过日。

她每每去市集，总会遇见商贩的调笑，卖给她东西的价格比卖给旁人贵不说，还说她的钱来得容易，甚至有商贩故意不卖东西给她。

这日日辛苦使阿狸倍加怀念旧人。她回忆起往昔所遇之人，叶凡早已不知所踪，而县令公子却是为数不多在自己落魄时还会来看自己的人。

莫名地，她想再见一见县令公子，如今人老珠黄的她已不敢再奢望些什么，只是想再见一见旧人，叙一叙茶话。

于是她掀开珍藏许久的梳妆盒，取出里面所剩不多的名贵胭脂水粉，在面额眼角仔细粉饰，再取来许久不穿的锦衣，把自己全身上下打扮一新。

可当她抵达公子府邸时，任她怎样哀求，看守的门人都不肯替她通传自己的拜见。没过多久，公子夫人从府中急步走出，端了一盆污水往阿狸身上泼。

阿狸的妆被污水冲花，心也被污水冲碎。

正是那时，叶凡从天上降到阿狸身边，他的面容如玉，时间未能在他脸上留下痕迹，仿佛依然是少年。这让阿狸看得既恍若隔世又羞愧得无地自容。

叶凡取出一块干净白布递给阿狸，阿狸感激地接过后将脸上擦干，露出了没有妆容、朴实的面孔。

随后叶凡郑重地对着阿狸说:"阿狸，阿狸，以色事人者，色衰而爱弛，爱弛则恩绝，你如今明白了吗?"

阿狸闻言浑身颤抖，她回想起这些年的辛酸，泪水止不住地往下流。她缓缓朝叶凡一拜，口中说道:"悔不该不早听先生言。"

阿狸拜下的那一瞬间，叶凡微微一笑，随即用双手略做托举状。人间的阿狸瞬间命终，与此同时，天上多了一名面容虽然精致却最不喜打扮、魅惑他人的狸仙。

游仙枕

一

在空旷星海中有一处人间国度，被善良的国王清玄所领导。

那日，有挖山的樵夫向州官进献了一枚游仙枕，那是个通体晶莹白玉所制成的枕头。樵夫自言，但凡枕着游仙枕入眠之人，都能于夜梦中超然物外，神游于九州山河大地。山河大地里的一草一木、一花一树、一沙一石，梦中人都能清晰看见，如在眼前，好不逍遥。

州官疑惑地把玩着游仙枕，亲自体验了几番，果如樵夫所言。他心中大喜过望，厚赏樵夫后，命他不许声张。

如是三月过后，夜夜游仙，梦中山河的景致已不足以打动州官，反而，人间的功名利禄更使他垂涎。于是州官在节度使的寿宴中，将游仙枕呈上，自言是家中祖传的重宝。

节度使欣喜地把玩着游仙枕，当夜便迫不及待体验起来。诚如州官所言，一枕便可游仙。在梦里，节度使大大方方地欣赏起了京城，那是他每每朝贺都不敢东张西望的地方。

远方的王宫就在眼前，节度使本能地想要退避，但转念一想自己在梦中，又有何惧呢？于是节度使大方地推开宫门。他刚把宫门推开一丝缝隙，忽见守门的石狮似乎活了过来，怒目圆睁地朝他喝道："何人擅闯宫禁？"

节度使被一喝惊醒，亦因此失神病了七天。病愈之后他反复思量梦中的景象，"人人都说梦是虚假，不必当真，可若万一是真的，我岂不是在王上面前暴露野心了吗？"

每每念及至此，节度使都如堕冰窟。他连夜急备快马，将游仙枕呈进京城，并随枕附有一封向王诉诵衷肠之信。

宫殿里的王读着节度使的信，心中有些不明所以，又望向游仙枕，起了莫大的好奇之心。

是夜，国王清玄在梦中游遍了他所掌管的国度，从西海至东山，由厚土至平原，好不逍遥快活。

最初半年，国王夜夜游仙。半年过后，新鲜劲过了，国王隔三岔五地偶尔游仙。两三年后的某一天，国王突然觉得游仙枕很硬，于是吩咐下人将其收起，换一个舒适的软枕。

国王的本意是打算暂时放下不枕，待过两日继续游仙时再拿出来。可事一多，国王便忘记了换枕头。

自那以后，游仙枕便尘封在国王的宝库中，如其他珍宝一般，等待着国王的忽然记起。

或许世间最大的美好，其实是尚未得到。那些你尚未得到的东西，总是充满着诱人的魔力，它驱使着你去拥有。而一旦拥有过后，便会产生不过如此的黯然，总会让人索然无味。

游仙枕之于国王清玄即是如此。因拥有而不再被珍惜，被尘封入国王的宝库中。可是关于它的传说，却不胫而走，漂洋过海传入异邦，并越演越烈。

有的传说将游仙枕称为钥匙，是通向梦之国度的诀窍。而梦里的世界，才是真实的世界。现实中人们自以为的活着，其实不过是一场大梦罢了。

有的传说则把游仙枕的形状视作龙门。如鲤鱼跃龙门般能化成龙，人枕游仙，久而久之即可升华，由人变仙。

还有的传说则说游仙枕本是天上之物，不意遗落凡尘而已。兴许在天上它亦是珍宝，仙人们发现它遗失后，定会下凡来寻。也或许在天上，它不过是一枚普通的枕头，就算遗失了，也不会有仙人在意。

那天，异邦持着重宝来贺，只求希望看一眼游仙枕。国王这才记起那个枕头。听闻异邦使者绘声绘色地讲述起游仙枕的传说，国王内心也颇觉神道："莫非真是龙门？或者仙物不成？"

于是典礼隆重召开，游仙枕被放在高台之上，迎接远方虔诚者的礼敬。

异邦使者一眼望见游仙枕的形状，便激动得不能自已，俯身跪拜而下。他们跪拜的那一瞬间，高台之上的游仙枕忽然绽起耀眼的光芒，惊得原本打算看热闹的国王将面前的杯盏打翻。"莫非真是龙门？或者仙物不成？"国王惊呼道。

就这样，在异邦使者的观赏下，国王对游仙枕有了全新的认识。

紧接着，专门供奉游仙枕的高大殿宇被建成，殿宇的壁画上彩绘有种种关于游仙枕的传说，国王每数日便会对其礼拜一番。游仙枕亦不负国王的虔诚，通体不时乍现光芒，令见者欢欣鼓舞。

此时有臣向国王进谏，何不一枕游仙枕入眠，探索龙门奥秘？"那可如何使得？寡人一介凡夫，怎能玷污仙物？"国王有些胆怯地推却道。

臣于是又进谏，大约是天赐祥瑞，留泽有福之意。天下福大者莫过于国王，此亦是上天赐予的美意，倒不必推却。国王被他说动了。

他先是大赦天下，随即斋戒七日，而后沐浴焚香，缓缓将游仙枕从高台上取下，口中忐忑地念着"罪过、罪过"之类的言辞，然后便一枕游仙。

有人说，梦其实是另一个世界，相较于现实里的世界而言，梦中的世界总是更轻灵、更虚无、更缥缈、更玄幻。

会这么说的人，一定是现实中人吧。因为对梦中人而言，一切本就是理所当然的样子，谈不上多么轻灵、虚无、缥缈与玄幻。相反，对于梦中人而言，现实里的世界，怕是一场狰狞、可怕、沉重到醒不过来的噩梦吧？

在梦里，清玄看见供奉着游仙枕的殿宇，眨眼间幻化成一条金黄色的巨龙，殿宇的香火则化作缕缕青云。在巨龙的示意下，清玄乘着它，辗转腾挪间，扶摇而上，直冲九霄。

天界，看破生死的旅行者叶凡，正于花雨宫讲无畏之道，天上众仙因此云集。

乘着金龙的清玄跟着众仙轨迹，亦落在花雨宫外。天界气象，果然超胜人间。清玄远望众仙，只见各个面容俊朗，竟真有微光从脸庞浮现。相较之下，原本在人间锦罗玉衣的清玄，竟如猿猴一般。这令他自惭形秽。

好在叶凡的演讲不仅有天上诸仙与会，亦有他方海域仙岛的灵兽参与。自惭形秽的清玄混入灵兽队伍里，稀里糊涂地听了一回叶凡的讲演。

叶凡的无畏之道诚实精妙，在场的诸位仙灵听得如痴如醉，仿佛入梦一般。待他们醒来之时，讲演竟已散场。

"这位仙友，你还记得叶凡上人具体讲了什么吗？"一位仙人问另一位仙人。

"哎，惭愧。我只记得上人所说贴合至理，令某闻后通体舒畅、神通光明。至于上人具体所说，却是闻过便忘，记不起来了。"

"我亦如此。"

"不才，亦如此。"

就这样，众仙带着满满收获却又不明所以地离开。清玄亦在此时回神，他也记不清叶凡究竟讲了些什么，而内心的欢然却无法伪造。"大道玄玄，诚然精妙。"清玄由衷赞叹。

"这位道友有礼了，不才猿心。我见道友面生，不知是从何处仙乡而来？"坐在清玄不远处的是一通臂巨猿，他回神后见清玄面生，故前来作揖询问。

清玄见此连忙回礼道："仙乡不敢，不才是下界人间王，清玄。见过仙长。"

"嘻，人间浑浊，多有贪婪、非分之想，纵偶有神志清醒的人，亦常自深陷于傲慢，乏少诚敬，由是不能飞升。王上于浊世而能化清，必有大功德也！"猿心闻言由衷赞美。

清玄闻言，想起游仙枕的来历之事，不由面红耳赤。

您说这天上与人间，究竟有何区别？

若说无区别，似也能说通。天上与人间的法度颇一致，对错的标准也相通。人若能在人间做个好人，在仙界亦会是位好仙。

若说有区别，那区别便太精妙了。天上仙身体轻盈，能于虚空中飘浮、行走，并且一生无病，他们的饮食精微，居所玄妙，世间亦少有恶风、狂雨、海啸、地震之类。

正因如此细微玄妙，天上有诸多神奇境界，人间罕有。

猿心见清玄是人间客，于是忍不住内心的骄傲，以半个主人的心态自居，邀清玄游览起天上盛景。其中便有花雨宫外的清眸池。

清眸池位于宫外不远，整池青玉为底、褐玉为岸，池边稀疏植有一圈天柳，那天柳枝条似碧玉，柳叶如紫晶，随风起舞的身姿，仿佛能令人忘却忧伤。

更稀有珍贵的则是清眸池中温润的池水，冬暖而夏凉，若是用它来涂抹双眸，则能使人一眼看到七世。以是之故，池曰清眸。

清玄被猿心娓娓道来的叙述打动，忍不住捧起一掬池水，涂抹在双眼。刹那间，仿佛天地失去颜色，清玄的眼睛洞穿隔世迷茫，他看见了自己过去的七世。

七世之前，清玄是一平平无奇的女人，因爱子殒命于渡河，故以河为怨。她拼尽全部身家，与人合造了一座渡桥。

六世之前，清玄转为男身，曾经建立的渡桥又复坍塌。这一次清玄做了一世渡船人，以平易的价格渡人过河。

五世之前，清玄由贫变富，尽管少年也曾荒唐，但好在年长后褪去顽劣，常有施舍，造路铺桥。

四世之前，清玄由富而贵，骄奢淫逸，不知体谅，一生错路。

三世之前，清玄家道中落，万幸颇有诗书才艺，考取功名后一生为官谨慎，得以善终。

二世之前，清玄得生官宦之家，为官清廉而官位低微。

前世，清玄年少得志，高中状元，又赴边疆，舍身报国。

这一世，清玄成了国王。

看见过去的凡情种种，不知不觉间，泪水沾湿了清玄的双眼。

"王上，王上，您怎么了?"猿心见此，不解地发问。

"这人间的岁月，怎那么多波折?"清玄看见自己的七世，不由泪下。

"王上，不过区区七世而已，王上为何哭泣？"猿心又不解地问。

"仙长，我见己身过去，女女男男、起起伏伏、贫贫富富、对对错错，波折实在太大、太辛苦，这才悲从中来，情难自禁，还请仙长不要见怪。"清玄哽咽地向猿心解释道。

"哎——"听闻清玄所言，猿心一声长叹，"吾闻人间多迷惑，常使人错路，今日方知竟惨烈至此。老猿我在天上，过去七世皆为猴，每生都少有波折，功德渐增。大约再过不了几世，就能舍这身兽壳成仙了。如今看来，这人间确实太辛苦。"

听闻猿心所言，清玄竟升起人间王不如天上猿之感慨，他肃穆地整理衣装，然后俯身朝猿心一拜道："愿仙长教我成仙之道。"

清玄刚拜下去，忽觉天地一片旋转，不知过了多久，耳畔传来了自己妻妾的哭声："王上！请王上不要舍我而去！"

清玄在人间醒了过来。

古语有云"观棋烂柯，一梦千年"，清玄枕在游仙枕上的这一场深梦，足足梦了三月之久。这期间清玄不吃不喝，身体也不变冷或腐烂，犹如被时间定格了一般。

而这三个月，王国上下乱作一团，清玄的妻妾们更是焦急万分。三个月后，感情用事的妻妾终于冲破大臣们的阻拦，她们围绕在清玄身旁，大声啼哭呼唤。

这一哭便惊醒了清玄的美梦。

梦醒后的清玄用惘然若失的眼神看着周遭的一切，妻妾们却大喜过望，以为自己用心精诚，感动了上苍，才令王上醒来。

白狐慕善

一

　　那一天，叶凡途经一个多有妖邪的自苦人间。他见群妖蒙蔽自心、肆意妄为、最终害人害己，心生不忍，于松柏树下立下百年誓约，在自苦人间降妖伏魔。

　　有一次，他驾着无畏巨剑犹如流星一般从天上划过，地下的群魔眼见剑光熠熠，无不颤抖畏惧、抱头鼠窜。唯有妖狐窟里刚诞生的一只通体银白的小狐，他懵懂地看着天上的光明，觉得好看，内心种下了一份向往。

　　他是白狐，名曰慕善。

　　狐妖既然名妖，心意自有曲折。小妖们个个以魅惑人间为自得，一边自称着仙家，一边却靠窃取凡人的精魂而活。话虽如此，但也不见他们过得多快乐。不时有更强大的妖魔强闯入狐窟杀害妖狐，与此同时，还有种种人间怨气所凝结的病毒瘟疫，使狐妖们坐立不安。

　　尽管过得并不快乐，小狐妖们依旧不愿舍弃自己的邪心，在害人与害己间不断往复。就如同人间，为了各自的利益不择手段，却越过越穷、越穷越不择手段的可怜人。

　　也是因为内心的不纯净，狐妖们的毛色各个不同，或红或绿或灰或黑，其毛质萎靡且干燥，无时不散发着难闻的气味。

　　如此便显出白狐慕善的不同，他虽然沦落妖身，却有一身整洁的银白色的皮毛，其毛色在群狐中独树一帜。慕善的性格也是如此，慕善生平最不喜那些狐妖的所作所为，更是嫌弃狐妖窟里的呛人气味，于是在成年后便索性离开了狐妖窟。

慕善在山水僻静处开了一方庭院，屋壁上挂一幅山水画，院落里种数十株丝竹，水沉木的书架上摆满了上百本从人间"借"来的古籍。

闲来没事时，慕善喜欢幻化成人间少年模样，一身白衣白袍，点几支清香，取出书架上的典籍，跟着之乎者也沉吟一阵。他又听说人间诗书人家都要有个书童才算体面，于是从狐窟里收养来两名父母早死的小狐，分别取名狐一、狐二，然后将其打扮一新装扮成书童模样，让小狐们称呼自己白公子。

这日日之乎者也，典籍诵得多，白公子很觉受益，身上的诗书气渐渐浓郁，内心里对人仙的生活也更加向往。很多时候，他都下意识地将自己当作一个人，甚至是仙，而非妖。

可他毕竟是妖身。

后来人间县城里某位老学究的不孝子，少而不学，结交了一群狐朋狗友，趁着自己父亲不在家时，竟在父亲的书房里建了个神坛，说是要请天上的文曲星下凡，问问文曲星自己是否才华横溢，是否前程似锦。

文曲星哪里会理他？不孝子焚香磕头了半天，请神的祝祷反被白公子听见。白公子见其是书香人家，正好可以顺便再"借"几部典籍，于是便先入书库，"借"了几本珍本藏入衣袖，而后再在半空中化作一副仙风道骨的模样，现了身形。

不孝子见其诚意竟真的感动"神仙显灵"，当即下跪磕头，边磕边喊："有劳上仙大驾光临，不知上仙可是天上文曲星？"

白公子一听"文曲星"三字，内心便喜欢得紧，但凡天下好书之狐，谁不想当个文曲星呢？于是狐眼在眼眶里略略一转，收敛起自己平日轻浮尖刻的语调，努力压沉着嗓音回一声："正是本仙。"

不孝子一听更是高兴，于是又跪着问："敢问上仙，小子自幼便读诗书，于今已数十年，不知文采功夫是否已到，明年乡试能否有望？"

白公子哪里知道他读了多少诗书、文采怎样，不过看他面邪嘴歪的样子，料想文采也好不到哪去。话是如此，戏还是要演足，于是白公子沉声道："你且读几行自作的诗词来，让本仙评判评判。"

不孝子一听哪敢耽误，当即爬起直奔自己书房，急忙翻箱倒柜寻来几篇诗文，一边喘着粗气一边念着自己的大作：

"春天风景好，花儿也开放，一片两片三四片，五片六片七八片，最后多到数不清。"

又听见：

"大海澎湃啊，你全是水；骏马飞腾呀，你四条腿；老爹你吃热豆腐啊，慢张嘴。某某年因父吃烫豆腐地上打滚有感而作。"

还听见：

"竹子有节叫竹节，为人有节叫气节，爹爹教书是师节，阿妈为妻是守节。"（寡妇才有"守节"一说）

"哈哈哈——"白公子听不孝子念诗，还没听几篇便忍不住了，弯腰手捧着肚子大笑起来。白公子这一笑便再也维持不住变幻的身形，它身后露出一截尾巴，之前从老学究家里"借"来的珍本也散落一地。

不孝子见着狐狸尾巴，又见自家的珍本散落一地，立刻便知是遭狐妖戏弄。不孝子心中又恼又怒，便想起降妖神咒，于是一边嘴里念着神咒，一边手拿扫把朝白公子打去。

白公子被打得吃痛隐了身形。此时被神咒召请来的土地神灵也抵达此处，土地神灵们见是平日相识的白公子，且又没什么大事，便不再理会。

肉眼凡胎的不孝子看不见这一切，也不知白狐是否走远，于是借着念完咒后的勇气拿着扫把站在房门前大骂：

"妖永远是妖，永远只会偷偷摸摸、鬼鬼祟祟，别装模作样就以为自己是个仙！"

"妖永远是妖"此言可谓字字诛心。白公子平素里也会与附近的神灵走动。每次访友，他总是仙风道骨、飘然若仙地打扮一番。时间长了，诸仙们了解白狐为狐不坏，品行没有大的差池，也便与其为友。

可不想此次"借"书的行径被撞破，诸仙友们又因帝君的神咒集合，将一切看了个清楚明白，这让他怎么受得了？

回到住处的白公子又羞又恼，食不知味，睡亦辗转，脑海中重复的是不孝子的那一句"妖永远是妖"。终于一日夜深，辗转了大半宿的白公子忽然作出决定，自语道："谁说本仙是妖？"随即安心睡去。

翌日白公子起了个大早，东山寻些灵芝，西山找些松露，挖掘山阳的竹笋，收集山阴的泉水。一连七日把山间的宝贝搜罗不少，随后精挑细选了一篮珍中之珍，将其提上前去拜访人间赫赫有名的封魔帝君。

来至封魔帝君门前，白公子在门人戒备的眼神中颤颤巍巍地将名帖呈上。名帖上写着"白狐慕善愿改过求新，拜求仙籍"。

这本是件再小不过的小事，随意找个管家收帖，给白狐安排个职务便可。岂料看门人是新人，不太懂规矩，竟将白公子的名帖封在朱红色绸袋里呈进内院。看门处原备有各色绸袋，专事承装名帖，其中朱红色的绸袋表示名帖十分尊贵之意。

内院的管家见着朱红色的绸袋不敢大意，哪怕封魔帝君此时正与生死道人叶凡共饮，他依旧将绸袋呈上。

封魔帝君见是朱红色的绸袋，不知是哪位上仙到访，拆开一看却见白狐的名帖，心中疑惑，未曾知天上人间有哪位仙家仙号是白狐。于是对叶凡道一声抱歉，动用起神力观察。

这一观察才知道是因门人不懂规矩造成的误会，当即心中不愉，对着管家一阵责骂："区区白狐求籍事，怎能打扰我与客人宴饮？做仙要有个仙的样子，精勤些！"

封魔帝君说到白狐二字时，叶凡背上的巨剑轻微一震，他心想怕是自己所不知的故缘成熟，于是便对封魔帝君说道："帝君息怒，天上人间相逢即有缘，况且这狐类生性多妖，如今却有胆量来见帝君，想来生平无大过失，帝君不妨将错就错，见他一面，表一表上苍平等爱物之德。"

封魔帝君见叶凡说得在理，于是说道："既然客人如此说了，我便见他一见。"

很快，白公子便被请入内院，这一路他走得心惊胆战。原因无他，封魔府上内外院交接处有一必经的降魔堂。堂里的地面由水晶凭空隔出一层，层下随意散乱着不少各方大妖的头骨，任由行人从上踩过。这些大妖全是历年封魔帝君所降，为警醒威慑后人，特意放到降魔堂下。

这么多大妖的头骨里，白公子对其中一熊妖记忆犹新。那熊妖可是狐妖窟的苦主，许久前每隔一阵便要强闯进狐妖窟杀狐取皮，他那书童的父母即是被熊妖所杀，群狐苦不堪言。后来不知怎的，那熊妖再也没来，当时狐妖们还大肆庆祝了一番，不承想是遭了报应，死在帝君手上。

随后白公子进了内室，只见其中宽广，装扮厚重质朴，以朱红为主色，白玉铺地，整洁得一尘不染，顶上有一颗鹅蛋大小的东海明珠，不分昼夜光亮。墙壁则挂有龙纹巨剑，剑鞘在明珠的照射下若有若无地闪着光芒。最里则是主台，其上挂有一牌匾，上书"浩然正气"四个大字。帝君端坐匾下，不怒自威。

此情此景可把白公子吓破了胆，他战战兢兢地跪在地上，腿止不住地颤抖，差点晕了过去。

一旁客座的叶凡见此不忍，出声提点道："小妖白狐，你来帝君府上，所为何事？"

叶凡背负的巨剑无时无刻不散发着让人心安的光芒，白狐闻声看了一眼叶凡，也便瞧见巨剑的光芒，心中稍安，随即小心翼翼地回道："小妖愿意修仙，还请帝君成全。"言罢将自己从山野里采来的奇珍奉上。

帝君哪里缺他这点山货，但转念一想，这些山货对于一名小妖而言，收集已算不易，是一番心意。于是帝君命人将山货收下，而后一脸严肃地对白狐说：

"小妖白狐，汝本是妖，身具妖性，然今思过，欲求仙籍，诚然良善。

"本君考察你的过去，所作所为无大过，在妖中可算不易，却不配名为仙人。

"如今汝有心悔改，其意可嘉，其行待察。我今赐汝腰牌一块，暂收你作守护典籍之护典之仙，守护一方有学人家。

"待百年之后，若是尽职尽守，我再上报天帝，增汝仙籍，位列仙班，称为仙人。"

白公子当即磕头领命，随后被人领下去，取几件仙袍、列入名籍、拜会长官，一套手续自不必说。

回住处后，已经有身份的白公子洋洋自得，身穿着云丝制的仙袍对着铜镜四下打量，越看越觉欣喜。书童见其穿着非凡，也跟着夸赞道："公子穿得真是大气好看！"

白公子闻言佯怒："哪里来的公子？喊我上仙！"

书童闻言知其意，上仙之声连成一片。白公子惬意中忽然记起降魔堂下的熊妖，于是又告知书童，他们的父母之仇已报，熊妖头骨就在帝君的降魔堂下，自己亲眼所见，绝对错不了。这么一说，原本喜气洋洋的书童们又泪如雨下，朝帝君府方向拜了几拜，让人看得惆怅。

不久后，白公子开始自己的护典任务，守护着一方有学人家的安宁，也见识到了书香世家的心事。

有的书香人家平平常常，教书的先生一派斯文、老实巴交。平日里看圣贤书，尽管自己做不到，然而依旧推崇书中的道理，并以此教育下一代。

有时家中有娶亲建房的大事，先生总会皱起眉头不知如何是好，其妻也会在内室揪着他的耳朵骂他没本事。

被骂过之后的先生红着脸，有话不敢对学生的父母讲，而是把自己的学生拉到一边，用蚊子一般细碎的声音说："最近物价涨了，要涨学费。"

像这样的平常人家，按仙友们的提点，不需特别为其筹谋将来，隔三岔五过来看看，赶一赶有坏心的妖鬼即可。白公子听了，觉得是这个道理。

有的书香人家道貌岸然，平日里总喜欢满口大话，把话说得头头是道，拿道理去要求别人，然而自己一丝一毫也做不到。别人来求学，只教人要"尊师重道"，但绝口不提何谓"为人师表"。

白天其刚对学子讲完酒能乱性，醉酒失礼最不应该，晚上便邀狐朋狗友喝得酩酊大醉，一边往口里灌着酒水，一边叫喊着："古来圣贤皆寂寞，惟有饮者留其名。"

像这样的虚伪人家，按仙友们的提点，基本不用管他，除非有特别丧心的大妖对其做了极过分的事，这才需要上报收妖。白公子听了一喜，觉得如此做事确实方便。

如此春去秋来一个甲子，白公子因做事精勤，被帝君提前一批上报天庭，录入仙籍有望。于此，他自然是内心欢喜得紧，却有一事放不下。

这天上一日，地上一年，如今上天一去，万一耗个三五十日，人间岂不是要过三五十年？他有些放心不下自己守护的一名学者。

这名学者算得上世间少有，平日里看圣贤书看至欢喜处总是摇头晃脑，之乎者也一番，私心里向往极了富裕的社会。正所谓心往久之，其行必践。学者屡次科考意图报效国家，无奈时运总归不济。这才隐在乡间做了一名启蒙者。

启蒙者，教导儒童以为人道理是也。相较于其他的口上君子，这学者倒是颇讲究言传身教，自己尚且做不到的事，绝不拿来要求别人。即使十分的圣贤道理，他也就做了那么一分、两分，然而四周仙灵对其都颇为敬重，认为其死后必然成仙。

对于这样不仅认同圣贤道理，还能尽力去做的凡人，仙灵们都爱护得紧。除了讨怨报仇的债鬼，其他的妖邪是一律不许其近身。

然而这仙灵尊敬他归尊敬，人尊敬不尊敬他便犹未可知。学者手无缚鸡之力，不会经商不会贸易，不会制农机器具，又不会击鼓唱戏，正所谓百无一用是书生，如此门庭自然冷落，他靠着儒童的学费艰难度日，米缸里的米不时见底。

"我若是走了，万一让学者遭受困窘，岂不憾事?"白公子反复思量后决定使些小手段。

于是学者原本平静的生活里忽然喜事连连。先是早上起来院子里的喜鹊叫得欢，开门一看原来是一袋米凭空出现在门前。学者以为是过路人无意遗失，便在其上插个牌子等候失主，一连两日无人认领，第三日夜里米被贪心的农夫盗了去。白公子见了气得跳脚。

紧接着，平日里想不起读书的商贾忽然觉得让自家子弟读点诗书方显体面，几经辗转最终找到了学者。

学者见是教书育人的正业，于是欣喜地满口承下。可不想商贾自持于束脩给得厚，便在请师礼仪上马马虎虎没个敬意。学者觉得己身虽轻，然而圣贤事大，别人既然不敬，又何必去教，于是把到手的束脩退了回去。白公子见此暗生敬意。

最后白公子被逼得没办法，当了一回梁上仙人，偷偷将一封银子放在学者枕上，附书"天赐君子"四个楷书字，随即隐去。

学者入内室见了到银子与楷书，却也不喜，而是设案焚香祝祷了一番，大意是，天下的道理，付出方才能有收获，无功而又受禄者，非是自己所学，请仙灵将银子收回。

感慨又忧愁的白公子见此终于忍不住发出声来:"学者!学者!品行堪诚!此非赐予，而为相借，待汝死后成仙，再还不迟。"

学者听了对着香案作礼一拜说:"生前不言死后事，此生尚不知能否归还，又岂敢推却于死后?还请上仙收回。"

白公子闻言只得将银子收回。不久后天上传下天鼓声隆隆，白公子与诸仙友齐上天庭述职。

天庭办事倒是迅捷，白公子早上与群仙觐见过天帝，中午便录了仙籍成为白仙，下午一番茶会，到了晚上看完一场歌舞后便夜降人间。

只是天上一场歌舞过后，人间已过八月。白仙下凡第一件事便是去看学者过得如何，不承想扑了个空。土地告诉他学者已高中，被皇帝金銮殿上钦点，做一方学道去了。"这人间春秋起落，果真眨眼间变化。"白仙闻言感叹。

了却心事的白仙有了闲情，他穿戴起天庭云织的仙袍，长袖如流水飘飘、无风自扬，双手持着写有自己名姓的仙牌，驾一朵祥云打道回府。回府路上途经狐妖窟，白仙略略停留，朝下望了望，随即神情复杂，脸泛一丝苦笑离去。

狐妖窟里的群妖见着祥云害怕得紧，以为是哪路神仙要来降妖，纷纷躲在洞穴里瑟瑟发抖，直到祥云走远才长出一口大气。

仙府里狐一、狐二眼见着祥云连忙出府相迎，见是自家公子成仙归来更是欢喜，直呼自家小童开席设宴，恭贺公子成仙大喜。

白仙眼见狐一、狐二欢喜张罗的样子，又见二人眉角似有似无的皱纹，感叹道："狐一、狐二，你们跟着我多少年了？"

二狐回道："老爷，怕是有一甲子多了。"

"是啊，为狐能有几甲子？如今我辛苦成仙，绝不会忘了你们。我在天上述职时，恰遇到生死道人叶凡上仙，承蒙上仙抬举，赐了几块成仙的仙牒。你们日后办事精勤些，收敛起自己的兽性、妖性，多修人性、仙性，若是过得去，这几块仙牒便是留给你们的。日后一齐升仙，寿命悠远，也不枉我代你们父母教育你们一场。"

白仙语重心长。

二狐听得如此，当即感动得流泪，一边磕头一边呼着公子如再生父母、恩同再造。"谁能想到我二狐当初不过陋室书童，竟然能有今日？"二狐感慨道。

这不提还好，一提起当初的陋室，白仙就想起自己当初为何发奋求仙，顺带又想起了之前不懂事"借"来的一书架子古籍。当即脸色一变，道一句："不好！"

二狐见白仙忽然色变，连忙关切地询问原委。白仙这才说道："你们可记得当初陋室里那一书架古籍吗？"

二狐答："记得。"

白仙说："明日你们替我把书寻来，我要一本本还回去，并附上相应的银钱。若是年代久远主人家死了，我便遗其子孙。为仙一场，定不可亏欠了他人。"

言说志怪

一旁友犬闻之，尾旋三圈，建议曰："吾闻人道最是成功，何不学之？"

无知讥讽曰："彼人者，类犬而不足，禽兽却衣冠，身无毛发，样貌丑陋，口是心非，无有直言，安可学之？"

承　山

一

在星海偏隅有一多山国度，力兽生长其中。

力兽者，力大无穷也，其强壮者，甚至能背负山岳。

因兽性无智，力兽不懂歌舞、音乐、棋弈，时常会感受苦闷、无聊。某日，力兽一族中的王者，尝试将一座山岳背负。

当山岳缓缓升起之时，群兽无不诧异；后山岳稳稳当当落于力兽王之背时，群兽畏惧、紧张而息声；最后当力兽王将山岳卸下时，兽群中爆发出此起彼伏的吼啸声。

自那以后，常有力兽背负山岳，以示威武。要么用之求偶，要么用之喝敌。

久而久之，背负山岳成为力兽中的传统。又因兽性好争，每每旧王老去，新王摩拳擦掌之时，它们会以背负山岳为比拼。何兽背负山岳更大，何者得以为王。

如此一代复一代，年轻的幼兽们看着新兽负山称王，内心生出无数向往。至此，背负山岳，成了力兽们的追求。

起初，力兽们背负山岳，还只是偶尔为之。然而，兽性不知节制，后有标新立异之兽，为证顽固，竟选择终生背负山岳。

无知且好力的群兽见之，无不惊讶畏惧，便称其为王。因渴求权势故，竟越来越多的力兽选择终生负山。

又因兽性欺软怕硬。外部同类见到终生背负山岳的力兽，往往敬而远之。遇见不背负的同类，则群起攻之。

久而久之，终生背负山岳成为力兽不得已的宿命，他们由此被外界呼为承山。

山岳之沉，有时承山亦不能忍。无数年幼承山因此夭折，成年承山因故多病，老年承山为斯速亡。

承山一族为背负山岳，付出了难以计数的眼泪、鲜血与生命。

此时有智者向承山一族建议，何不放下身上重担，活得轻松洒脱？

无奈，兽性的刚强，使承山一族不愿承认自己行为有误，何况改正？于是它们请来兽群中最聪慧的承山，用残存的智力，艰难地拼凑出一句文辞，用以饰非。

其词曰："我辈承山，世代负重，若不如此，将欲何为？"

此之谓，理直气壮而可悲者。

嗜　梦

一

在星海偏隅有一处辛勤人间，异兽嗜梦居息其中。

嗜梦者，以人间梦想为食，居无定所，逐梦漂泊。

人间或有贫苦少年，久经风霜，偶得一饱。饱腹之后的少年，忍不住心起遐思，幻想起将来的种种美好。

少年的遐思，使他的头顶凭空蒸腾起一团莹莹光气。在光气的小世界里，有华贵的大屋，有如海的珍宝，都是少年心中所想。

嗜梦见此，一头扎进少年头顶的光气中，刹那间，他在光气的小世界里变身一方富庶豪绅，妻妾成群、奴仆长从。好一场醉生梦死，嗜梦过得快乐无比。

可是，随着饱腹感渐渐消失，少年再无气力遐思，他头顶上的莹莹光气也逐渐枯竭。嗜梦也缓缓从光气里的世界抽离，他亲眼见到心爱的妻妾化作白骨、忠厚的奴仆尖叫惶恐着成为白灰，天地崩塌，一切化作泡影。

嗜梦惊恐，奋力挣扎才从光气中挣脱逃出，这才忆起一切不过是场梦，心中稍安的同时，亦怅然若失。

"没了，就这么没了。"嗜梦呆若木鸡地喃喃道。

人间或有屡受轻贱的贫嘴人，内心渴望他人臣服而不得，抑郁许久，终于在一场深醉里美梦一场。

　　另一团莹莹光气缓缓从他头顶蒸腾而起，好一个春风得意的小世界。嗜梦见光气里的世界气象万千，又按捺不住内心的渴望，一头扎了进去。

　　这一次，他成了小世界里治理一方的官家，那众人恭敬的模样，使其畅快无比。

　　然而，酒力终有尽时。清醒过来的贫嘴人怅然若失，似乎昨夜有一场记不得的美梦。对于嗜梦而言，则又是一场撕心裂肺的剧痛。

　　就这样，嗜梦在人间四处漂泊，以人类妄想为食，快乐时无比快乐，痛苦时无比痛苦。

　　直至有一天，他与叶凡有缘相逢。叶凡问他："仁者以梦为食，可曾有心安梦醒之时世界破碎、天地支离、一无所有的空寂之感？"

　　嗜梦闻而敬曰："仁者知我，奈何我力微弱，不堪诱惑，而人间又有太多苦人，以妄想自娱，臆造诸多光气，却浑然不知梦想破裂时的痛彻心扉。"

偷　神

一

　　在星海偏隅一善恶杂陈人间，有偷盗之神，受东山肃德大帝管辖。

　　彼"偷神"者，主一方人间盗窃、阴损事，于暗中维护天理，令不良缺德人家被盗窃、灾难不断，阴损日增，鸡犬不宁。

　　又彼偷神，本性不坏，行善积德，做过不少好事。然而其人生性胆小，异常怕事，也曾面对不公，退缩怯懦，未说应说之言，未做应做之事。

　　某日，偷神公务，前往某缺德人家欲行阴损事，却见该户大门正中悬挂有一串面目狰狞之八脚螃蟹。此是缺德远方亲友馈赠，缺德将之挂于门中，用作炫耀。

　　原来，东山地处深陆，群山环绕，远离海岸。彼处之人，均不曾见过螃蟹，故而能以此为炫耀。可不承想，这螃蟹不仅是人未见过，连神也未见过。

　　胆小的偷神，见门中悬挂着的恶兽，竟有八脚，面目狰狞，顿觉恐怖异常，认定这必是一方凶煞，不敢靠近。

　　如此这般，原本应灾祸不断的缺德人家，竟忽然安宁祥和起来。

　　如此改善，缺德坐在内室苦思冥想，实在想不出自己最近有做过什么行善积德之事。最后其忽地灵光一闪，想起了挂在门口的螃蟹。"莫非这八脚的螃蟹，是祥瑞异兽，有辟邪之功效？"

自此以后，缺德人家的前庭后室均挂满八脚螃蟹，一时间人畜皆安。

转眼间，一旬过去，肃德大帝考校各司职守，问至偷神处，偷神见躲不过，这才颤颤巍巍地将八脚凶煞事给呈了上去。

肃德大帝乃性情中人，一听有恶民胆敢有凶煞之事，阻碍神职，当即怒发冲冠，击三遍军鼓，召来东山神兵天将，各自甲胄肃严、利刃泛光，浩浩荡荡地朝缺德人家行去。

待至门前，却发现所谓"凶煞"，不过是一只八脚螃蟹。诸将好不无语，大帝倍觉尴尬。

气恼的大帝立刻严惩缺德人家之后，又下令将偷神吊起，狠狠训斥道：

"人间有无知人，不明善福吉凶之理，面临灾祸，不反思己身是否全德，反试图以凶煞、魇镇之类改变命运。我悯其无知，怪罪不多。

"然汝偷神，已得神位，是亲力行善，方获此果。何以本末倒置，胆小至斯，被一只螃蟹糊弄？丢神脸面，亦令吾脸上无光。"

苦　劳

在星海偏隅有处沉浮人间，彼人间最偏僻处，有苦劳山，有魔鬼苦难其中。

彼魔鬼等，畏惧光明，以人类灵魂为食，相传食人灵魂，可以长生，可以不老，可以威力巨大。

又彼世间，人类灵魂，沉浮不定，若习仁义以及道德，则光明灿然，令魔鬼畏惧，不能吞食。唯舍弃仁义道德之灵魂，光明幽暗，魔鬼可食。

某日，有小魔出苦劳，捕猎灵魂。

其魔身披黑色厚重斗篷，隔绝日月光明，于人间幽暗街角处开一门店，做回收仁义、道德之生意。

彼店矮门无槛，门前对联，上联曰"人生极意任性而为自畅快"，下联曰"仁义道德及世礼法是约束"，横批"仁义换钱"。

店开了一连数日没有生意，终在某日黄沙大作，行人隔路不见时，有一人类，黑纱遮面，潜入店内。

人曰："店家此处可收仁义？"

小魔见客欣喜，欢快曰："这个自然，先生想卖多少？"

人类见此，心中窃喜，暗自念曰："世间竟有此等榆木，花钱买那最无用之仁义。"明面则曰："全卖多少？"

小魔齐啬，由是说道："一文钱。"

人类闻之，嫌少恼羞成怒曰：“夫仁义道德者，我辈先人所教导，何等尊贵，怎可一文估之？”

言罢，其人自以为高义，踢门而去。

小魔见此，倍感惋惜，深觉自有不足处，由是重回苦劳，向山中老魔请教。

老魔闻而耻笑曰：“汝之心量小矣，何不开价百千万金，以换仁义？”

小魔闻而不解：“仁义哪值那个价？我又哪有那么多钱？”

老魔巨猾曰：“既是骗人，许诺再多，不亦容易？待其交出仁义，灵魂幽暗之时，汝伺机将其吞下，事成矣。”

小魔依言行事，人间果有不少无知蒙昧之人以仁义换钱，灵魂反遭吞噬。

由此得以饱足的群魔们，在苦劳山上乱舞，做极意之狂欢，至最畅然处，小魔对老魔感叹道：“快哉！快哉！吞人灵魂而又能长生不老，实属快哉！”

他刚感叹完，忽有天上乌云露出一丝缝隙，一缕月光皎洁闪耀，随即小魔陷入疑惑道：

“既然吞食灵魂能长生不老，世间当有无数魔鬼，各个长生，各个不老，威力巨大。

“世间亦当由魔主宰，乌云漫天，不闻仁义道德，何论日月光明？

“缘何人间，至今仍有道德，以及日月？

“缘何我辈，又只能居息在这苦劳山中，常饮苦食毒？”

老魔闻言失欢，默然望向苦劳山底，无尽熔浆地狱之中。

怕 鬼

在星海偏隅有一世间，彼世间有怕人之鬼，隐于深山野林中，不知世事。

某日，有图利之矮小人，为采药故，深入山林，于林中一汪小溪饮水处，与怕人之鬼相逢。

彼矮小人，身材短小，面目丑陋，故鬼以其为同类。而矮小人，亦以鬼是人矣。故而双方，见面问候，相安无事。

鬼曰："我见仁兄面生，似是新入深山，不知所为何事？"

人曰："不才为是山中药来，若大兄有所知，还望指点一二。"

鬼闻而奇怪曰："我辈轻灵飘飘，不必服药，于药材何益？"

人曰："大兄所言极是，你我皆健康，一生自不必服药。采药者，为世间病人而已。"

鬼闻而更奇："为人？人是如此可怕，仁兄何必为之？彼人者，贪婪不知足，受恩常忘报，何必为之？"

人听其言，隐觉高义，由是赞曰："大兄所言，饱含哲理，弟恭敬受教。"

鬼见自己平常言语，却被视作玄奥，亦有些不明所以，又不便多问，于是作揖之后，半飞半飘而去。

人见其轻飘，方知是鬼，不由大惊失色，喊道："鬼啊——"随即跌撞而去。

　　鬼闻声回头，见其跌撞有实质，方知是人，亦大惊失色，喝道:"人啊——"随即一溜烟飞驰而去。

呼风唤雨

一

在星海偏隅有一风雨世间，彼世间多有风雨。其风向多变，时而东西，时而南北，时而东西南北。

风雨世间之内，有过信之犬，名曰自我。

某日，世界风雨，自我犬饱食后立于屋檐下，信口而吠天曰："东风！东风！"

顷而，世间之风，果转向东。

自我犬见此，心起惊愕，又作窃喜。

再日风雨，自我犬心怀自喜，对天吠曰："西风！西风！"不多时，果有西风渐起。

自我犬见此心中狂喜，以为天命在身，呼风唤雨尚且能够，况复号令天下鸡犬乎？

于是自我犬寻狗尾草铺陈为犬王座，以半截牛骨为权杖，头戴野牡丹之花，于一大风之日，召集四周鸡犬朋友，登基成为犬王。

彼犬王初登时，鸡犬尚有不服。只见犬王，对天咆哮曰："南风！南风！"

不多时，风雨世间渐有南风起。

鸡犬见之，无不大惊失色，以为神异。又犬王，为褒奖鸡犬"拥立"之功，大肆封赏，将本不属于自己的城市、街道分封给诸鸡犬。

众鸡犬信以为真，重赏之下，失心癫狂，拥护着自我犬王，巡街游行。

恰正兴高采烈时，犬王与众鸡犬途经街尾一屠夫家。屠夫嫌吵闹不过，提刀径直入游行队伍中，一刀将自我犬王杀之。

待提尸而归时，邻人怪而问之："何故杀犬？"

屠夫曰："我见其举止疯癫，恐染犬瘟，故杀之。"

邻居闻言，颇以为然。

无知犬者

—

星海偏隅某处世间，多少风雨，多少潮汐，多少日月星辰，有野犬名曰无知，居住其中。

彼无知犬者，獠牙不利，鼻舌不敏，通身毛发亦不光洁，于犬之中，非为上品。所以异者，心比天高，自信非常。

某年某月某日，无知犬者，饥肠辘辘，游荡街头，忽见馒头于街道水旁。彼犬心下大喜，四肢腾空，飞扑口衔，未及吞咽，忽有异犬，强壮非常，夺之去。

无知归于狗窝，忽觉日月与星，皆是黯淡，心中悲愤，无可言说，呜咽曰："我欲成功，习得最上成功之法。"

一旁友犬闻之，尾旋三圈，建议曰："吾闻人道最是成功，何不学之？"

无知讥讽曰："彼人者，类犬而不足，禽兽却衣冠，身无毛发，样貌丑陋，口是心非，无有直言，安可学之？"

友犬听闻，深以为然，又曰："既然如此，不若向彼山中狐狸大仙而去。彼狐狸者，亦畜生也，与我同类，自相戚戚。"

无知点头，颇以为然，于夜黑风高混沌之时，行路而去。

至狐狸所，彼大仙者，通身红皮，尾尖褐毛，立于石上，双目微闭，无有言语。无知无奈，遂于山中捕捉野兔，截其一半，选之优者，呈献而上。狐狸见之，眼眸泛喜，称曰懂事，可教导无知成功之法。

彼时，狐狸言道：

"我辈畜生，所以超然世间一切，在于刚强，自我成功。

"何谓自我成功？即无视一切也。

"若遇种种世间挫折，及不如意，错在他人，非在我身。

"如此天然不必劳作，无须悔改，而得成功，极大逍遥。"

无知闻言，似有所得，反复揣摩，终得要领，心中欢然，拜谢狐狸而归。

自此以后，无知犬者，一直成功。

遭遇挫折，是天道不公；被人忽视，是人嫉妒；尚未成功，是时节因缘未至；遭亲朋好友鄙夷，是彼无见识。世间一切人等，皆不如我。快乐如斯，如斯快乐。

自从成功，无知境遇每况愈下，其反觉有味，处处充满希望。久久希望无望，遂成刻板偏执，怨恨深重。

旁犬以其疯癫，无知于此，一无所知。

狐　说

星海偏隅，某处世间，有红狐狸。

彼红狐者，通身红毛，尾尖黑褐，眼目狭长，鼻圆齿尖，擅于狐说。

某年某月某日，红狐外出，漫步森林，见老虎母者，批评教育其子挑食。

红狐曰："老虎莫要生气，爱是包容，无理原谅，其是汝子，是汝最亲近人，何必责骂？汝是良母，爱意深也。"

老虎闻言，先是恍惚，似觉有非，而后沉溺于恩情爱意，双眸泛水，深以为然，作礼拜谢狐狸。

行不多远，又见黑熊母者，批评教育其子懒惰。

红狐曰："黑熊莫要生气，爱是包容，无理原谅，其是汝子，是汝最深爱人，爱意至深，自然迁就，是给予，是万千宠爱，如斯深沉，爱意人也。"

黑熊闻言，先是恍惚，似觉有非，而后沉溺于恩情爱意，双眸泛水，深以为然，作礼拜谢狐狸。

复再前行，见白狼母者，批评教育其子无理。

红狐曰："白狼莫要生气，爱是包容，无理原谅，其是汝子，是汝最深爱人，爱意至深，何必理法？包容宠溺，两皆畅快也。"

白狼闻言，先是恍惚，似觉有非，而后沉溺于恩情爱意，双眸泛水，深以为然，作礼拜谢。

红狐见己一日感染三大兽类，内心欢愉，通身毛发舒展颤动。其直立起身，仿若人类，舞步轻旋，满眼尽是柔媚之色，内心泛滥情愫犹若洪水，滔滔决堤。

由是其于无人之处，自言自说。

狐说："爱是星辰，爱是大海，爱是一切，包容你我。"

狐说："爱无道理，不计得失，是三月春花，时节恰好。"

狐说："爱海之中，我为纯洁，白花无瑕，风中摇曳。"

尽欢狐狸，一路欢畅走回家中，推门忽见珍藏香水被爱子打翻。

狐说："小畜生哪里跑，看老娘不扒了你的皮。"

嗷呜大会

一

星海偏隅某处世间，有嗷呜大会。

彼嗷呜大会者，设于坳雾之山，坳雾坡上。斯为各方豪杰，群雄汇集之所，专为传授驭人之道。办于每年仲夏，十五日夜月圆时。

彼时，月朗星稀，蝉鸣啾啾，四面群雄，或从远方，或从近所，或挣脱枷锁，或翻门越墙，披星戴月，口舌喘息，咸来盛会。

彼群雄者，或肌肉健硕，或口牙狰狞，或长鼻，或巨耳，相貌迥异，所以同者，皆心好学，愿意学习天上地下最精纯的驭人之道。

嗷呜大会，由彼世间坳雾宗主——坳雾子所创。

起初声名并不显赫，群雄豪杰将信将疑，偶尔试之多获成功，遂坳雾一门声名大噪，四方雄壮心皆拜服。认定坳雾之理是驭人良方，不可错失。

渐渐由此，有了嗷呜大会。

彼时，月光最盛，坳雾子于其弟子拥护之下，现身坳雾山坡，坳雾石上。坳雾子双目微闭，无有言语，不怒自威。

各路群雄，皆屈身体向之行礼。坳雾子眼皮略动，算是回礼。随即轻咳一声，开启坳雾大会，传递真理。

其辞曰：

"我辈雄壮，天然优胜凡人。故凡人需当恭敬，精美衣食供给。此天下大道至理也。

"然则。凡人愚昧，有时不能明理，故我设立坳雾之法，教导其人认清事实。

"我辈坳雾之法，核心精神，在于刚强、滥情、无理。

"譬如凡人，供给我辈之食，不能适口。我辈当绝，不食用之。

"彼凡人者，心力孱弱，溺于情感，常自感动。其见我辈不食，自然屈服，为我等更换美食。

"彼更换美食之后，我辈定不能表露丝毫感恩图报之心。当以其为理所当然。

"如此，彼人亦视为理所当然矣。更有甚者，自我感动，自认善良，自以为所作犹不足也。

"如斯快乐，快乐如斯。"

坳雾石下，各路群雄听得坳雾之法，皆心狂喜，口张涎出，尾摇不止，出声赞曰："噢呜——"

恐惧恶魔

一

星海偏隅某处世间，有恐惧恶魔。

彼恐惧恶魔者，三眼五手，有目无睑，手爪利刃，血盆大口，百千尖牙，覆半面目，叫声尖锐，能碎玻璃，无有衣服，树皮遮体，恒时恶笑，使人恐惧。

彼恶魔者，不仅面目狰狞，其内心亦使人厌恶。

世间每每贫寒之士，做出抉择，将获成功，恶魔嫉妒，悄然化形，入其梦中，种种手段，使其恐怖。

若爱自己，则为其示，前路孤苦，困顿漂泊，衣不附体，食不果腹，恐惧其心，使之退缩，不得成功。

若爱家人，则为其示，家财衰败，妻离子散，贫贱之中，万事俱哀，恐惧其心，使之退缩，不得成功。

人们事后，往往后觉，知此恶魔作祟，使己不得成功。无不痛恨，指天咒骂，可恶可恶，恐惧恶魔，使我无功。

某年，彼世间有少年壮志，愿做屠魔勇士，杀死恐惧恶魔，使世安宁。

彼少年入于深山，三年练手，三年练腿，又复三年，练习全身，自觉功成，禀报国王，陈述志向。

国王大喜，赐其铠甲利剑、通关路引。

少年身骑骏马，一路北上，入苍莽原野，苦寻恶魔不得。复乘舟楫，颠簸起伏，入无边大海，苦寻恶魔，依旧不得。

遂割发断须，自蒙双眼，以心闻声，世间遍寻。

如斯苦寻十年，终至恶魔巢穴。曾经少年，如今中年，其睁眼眸，欲见恶魔，与诀生死。

岂料，睁开双眼，赫然见其，乃一白兔，椭圆身形，毛发光泽，长长耳朵，微红眼睛，甚是可爱。

勇士震惊，问曰："恶魔何在？彼恐惧恶魔何在？"

白兔曰："放肆，大爷在此。我即恐惧恶魔，平账仙人是也。世人恐惧不愿前行之时，莫不念诵我名。"

勇士曰："难道不是阁下刻意恐惧人心，使人不得成功？"

白兔曰："无理，恐惧与成功何干？世间有恐惧而成功者，亦有恐惧而失败者。世间还有不恐而成功者，亦有不恐而失败者。究其根本，世间成功，当需付出，与恐惧何干？"

"世人不愿前行之时，尽将责任归结于我，由此心安。"

故事寓言

　　无序国人闻言黯淡，缓缓回道："因为这个世界是浑浊的。"

　　少年闻言，更加不解，他追问道："世界的浑浊与否，难道不是由人决定的吗？"

骑　士

一

在星海偏隅某处国度，曾有骑士。

彼国之中，复有小镇，有名唐吉者，是小镇图书馆管理人员。

若说世间，何处安宁，诚然图书馆其一。小镇书馆，人迹罕至，唐吉闲暇，又不能外出，遂好读书。天文历史故事算术，其所最爱者，乃骑士相关。

彼骑士者，乃国度上个时代之事，于今已无兴盛。略而言之，则浪漫英勇，二者得兼。骑士忠诚，复有礼貌，不随俗事，向往正义。

凡此种种，皆是唐吉心中所喜。

渐渐，随阅读深入，喜好发挥，唐吉桌上有关骑士之物，自然增多。

如地摊淘换而来，不知谁人粗制滥造，仿冒上个时代，骑士受勋所佩臂带。再如黄铜浇铸，形态可爱，奔跑小马。还如，精美钢笔，长枪外形。

唐吉小心翼翼，维护梦与现实边界，不使己身突兀。同僚偶尔见之，其总挠头，笑言兴趣爱好，聊以打发时光。

后来某日，唐吉外出，遇见小偷，翻墙而走。彼人本能，冲锋制止。

　　静候官差来时，唐吉小心翼翼，由钱包取出勋带，将之佩戴手臂。

　　起初，其心忐忑，恐人问起不知如何作答。末后，其心安宁，因无人询问勋带之事。

　　自遇小偷而冲锋，唐吉骑士绰号，不胫而走。

　　人们有时调笑，半真半假，称其骑士。唐吉闻言，总羞涩摆手，并不附和。

　　后某年春日，闲暇无事之时，唐吉带领一群孩童，上演骑士戏剧。

　　其人以竹竿为马、野草为枪、破袋为盔。夕阳西下，红云火烧，冲锋最前，义无反顾，朝风车恶魔扑去。

　　彼风车恶魔者，是阻拦幸福之罪魁祸首。彼唐吉者，骑士也，因心正义，及与道德，由此天然，恶魔克星。

　　"风车恶魔，慎勿傲慢。我乃骑士，汝之克星。"唐吉言道。

　　彼人唐吉者，于无骑士时代，安静不突兀，学作骑士。

齐 伯

一

星海偏隅有一处遗憾人间，那里为人的品性，或多或少带有残缺。

若富贵者则有油腻之缺，如清幽人则有孤傲之憾，似木讷诚朴者，内心又暗藏凶戾。齐伯便生于斯。

他从山中来，无人知其来处，被唤谪中仙，面若如玉凝，眸似天上星，一词《区江卧》，四众皆叹服。

君王阅其文，叹曰能同游，死即无所遗。大臣闻其诗，自惭形有秽，不敢与同齐。

自然而然，齐伯被邀入君王宫廷，君王、大臣与其友之，贵妃为之研墨、铺陈宣纸。

每每酒酣，情意舒畅。齐伯以风、花、雪、月，天上人间种种美好入诗文。不时有人自言，阅罢后隐隐听见到鸟语、闻到花香。

齐伯深以此自得。

又一日欢宴，齐伯微醺，略有不适，朝君王作别，一人闲散漫步御花园中。见园中一池秋水，纯净剔透，似镜无波。他忽觉面手油腻，欲以一池秋水爽利身心。

待近池岸，却看见水中的自己头冠斜歪、面肥发油、肚腩凸起，已失去了当初如玉一般的风采。

齐伯大惊失色，不敢直视水中人。

翌日，齐伯向君王请辞。君王三劝，齐伯不听。君王不得已赐金放还。

齐伯奉旨离开宫廷。

辞别过君王，齐伯倒骑着毛驴，不问前路，随缘而行。遇桥则过，水深则渡，在一日破晓，入于人间诗文锦绣地。

诗文地中的文人大多清高，志向山水，以梅兰竹菊为乐。隔三岔五，便有一席诗会，举行于河岸田郊。

诗会多文墨、山水，诗则风情，画则花鸟，饮则泉水清茶，食则松子桂花。

齐伯自得其中，面容重归清俊，以为归宿。

一日诗会，齐伯巧见一名文人窃取他人文稿，署上自己姓名呈于众人，博得满堂喝彩。

窃稿人沉浸于褒扬中，神情自得，无有愧色。

齐伯见此恍然，忽觉心烦，再看一眼平日里文人墨客的洒脱文字，竟凭空生起厌倦。

翌日，齐伯拜别文友，在文友的惆怅声中远去。

一曲山高水长，又一曲晨露微凉，齐伯从城镇闹市走过，又经郊野阡陌，最终隐于僻静小乡，结庐而居。

这一次，未有庙堂富丽堂皇，亦无诗书抑扬顿挫，有的只是月朗星稀，虫鸣鸟唱。

乡野人朴而无慧，见到远方来人，木木讷讷，双手于身前不安搓拭，忽又想起有欠招待，忙喊一声请进，而后入屋生火烧水，招待来宾。

齐伯见此心中欢然，乡野质朴使其亲切。

后有一日，他在草庐外发现一地鸡骨，又听邻近妇人站在家门前，大骂窃鸡贼。

齐伯发觉乡野质朴，又内含卑微，非如自己所料。

翌日凌晨，他轻掩房门，悄然离开。

这世间，但凡有人的地方便会有心事。齐伯发现自己只要在人群中待久了，总会见到人心不轨。他不忍如此，只得潜入深山，成了一名独居人。

深山里没有心事，能有的是泉水叮咚、日升月落、春去秋来。

齐伯在山林里搭一间茅屋，辟一方田园，种植时令果蔬，过得寂静安详。

一次又一次，在无人惊扰的长夜里，齐伯拍着自己的大腿感叹道："人生如此，何其美好。"

因寂静的原因，齐伯看待天地间的事物，逐渐别有不同。

如此收获，更坚定了其隐居的志向。

那日，叶凡途经遗憾人间，眼见深邃山林中，隐隐有祥光闪烁。

他心知是世之遗德，便降至齐伯屋外，与之清谈。

清谈中，齐伯见世间竟有知己人，内心格外感动。他将自己的一生略述，自言不愿闻见人间心事。

叶凡闻言微微一笑，既无赞扬又无贬低地说道："仁者于世，心有讥嫌，故而才会避之又避，在这山林中独自寂静。"

齐伯闻言，叹之确然。

舟 楫

一

无尽星海翻腾不息，故事与人起起伏伏。在星海偏隅有一善恶杂陈人间，有小民曰舟楫。

舟楫其人，薄有福德，自小无父无母，被路人发现于破败舟楫旁，以是之故，名曰舟楫。

舟楫自小赖百家饭以活命，感受关怀是偶尔，遭遇冷眼是常态。亦因如此，其人生性反而豁达，于偶尔恩德倍觉感恩，面对仇怨，则常默默忍受。

又其成长之后，为报乡恩，自愿无偿为乡民于河两岸摇船。如是十年、二十年、三十年，不改始终，渐有贤名。

乡间有举贤者上报知府，愿举舟楫为乡守，服务一方。

岂知知府善过，听闻舟楫事迹之后，竟别有偏爱，愿保举其为县守，以嘉其德。于是其上书国主，以求恩准。

又岂知国主亦善过，有感于舟楫勤苦，竟格外提拔，试之以知府之职。

如此眨眼间，小民舟楫竟从河岸无人问津的摇舟人变身为知府。人皆赞之有福。

如是三年又过，知府舟楫被人举报贪赃，经查属实，押解国都问审。

国主闻言，大感诧异，亲召舟楫审问："为何三十年无取求于民，为何为官区区三年，便沦落至此？"

舟楫战栗泣曰："小民身处微薄之时，自认无福，乃属贱民。父母背弃，唯赖乡亲得以苟活。以是之故，不敢奢求，以摇船有益于人，为将来积累富德，三十年不曾有怨。

"后小民一夜间由勤苦人变至知府，心态亦随之突变。竟自以为从前之苦，乃是天将降大任之兆。我是贵人，当有贵命，及贵人所应有之境遇。此心一有，自失其位，由是贪婪不能止息。"

国主闻言叹息曰："如此说来，是寡人之过，爱贤心切，令卿错失时节。"

随后国主下令，免去舟楫官职，贬为庶人，让其重回旧时的河岸边，为人摇船。

养 猴

在星海偏隅有一沉浮人间，彼人间有高山，群猴栖息其中，又有隐士于高山之下，半耕半读。

猴者，类人而不足也，虽具四肢，却少筹谋，整日散漫，不能耕作。彼猴每每春夏秋时，天真快乐，山野游荡，随意取食树上瓜果。然而冬至，则常忍饥，或有饿死。

山下隐士见猴冬日过得凄惨，萌发善心，为群猴蒸煮馒头。

因能力有限故，隐士所蒸馒头，只够群猴每日一个。一馒头之量，于小猴有余而大猴不足，然则毕竟能保猴群不致饿死。

于是乎，每日上午，群猴排队，挨个于隐士门前领取馒头，而后磕头谢恩之事重复上演。

如此经过第一个寒冬，群猴莫不感恩戴德，于春夏之时，不时赠隐士瓜果，以作报答。

至第二年冬，有懒猴提议，日日下山，取食馒头，实属麻烦。不如请隐士一次多蒸一些，群猴七日下山一次，或更方便。

隐士亦觉此法便捷，欣然允诺。

来年春夏，不知是群猴习以为常，还是七日一次，方便反生下流故，群猴对隐士的感恩之心，渐而淡薄，所赠瓜果，不若去年。

第三年寒冬将至，群猴围坐一圈开会。有猴提议道："山下隐士确实好人，奈何一日只有一个馒头，小猴有余而大猴不足。他既是好人，不若更好一些，请他按每猴两个馒头的量蒸煮。"

此言一出，群猴深以为然。然而，竟有知羞耻之猴，出声质疑道："如此不妥，受人恩惠之事，怎能变本加厉？"

此言一出，群猴又都支支吾吾，说不出个所以然来。

这时，有不知廉耻之猴，厉声尖叫道："什么叫受人恩惠？那人以养猴的善名，博世人不少赞誉，况且我等春夏之时，亦有回赠瓜果。"

此言一出，群猴颇有几分激奋，一起成群结队至隐士门前。刚至门口，又都退却，纷纷让那最不知廉耻之猴上门交涉。

隐士一听群猴来意，不怒反笑，回应群猴道：

"汝等既然认为我是在博取声誉，那这声誉，我不要便是。

"且汝春夏，所赠瓜果，不过举手之劳，漫山遍野，何处不有？而我冬日蒸煮，是一年辛苦，耕种灌溉、收获打磨，又于天寒地冻时，忙碌方得。

"小恩不可报大德，有德亦不可施于不知恩者。

"汝等好自为之，日后莫来我处。"

皇帝诏曰

在星海偏隅有一人间国度，由皇帝正文治理。

某日，皇帝正文轻车简从狩猎于山岳，在野山山腰上发现一偌大平台，恰是白云层叠、松涛摇曳之处。皇帝正文心生向往，欲于此砌造白玉露台，以慰心灵。

于是下诏，令工匠计算耗费。不多时，造价上呈，因荒山路远，故价格昂贵。

皇帝见此高昂价格，心生不忍，于是又下诏曰："止！止！此露台偏而少用，靡费颇多，建之何为？"

有贪得无厌之臣，听闻皇帝诏曰，心起揣摩，认定皇帝是醉翁之意不在酒，认为明面上皇帝是在止建露台，实际深意则是抱怨内库空虚。

由是其大喜，连夜赶工奏折，将心中早已腹稿无数遍的奸巧盘剥之计细致写上。

有好大喜功之臣，听闻皇帝诏曰，心起揣摩，认定皇帝是醉翁之意不在酒，其诏有深意，意欲天下闻知皇帝勤俭。

由是其大喜，连夜赶工奏折，文必曰尧舜，词则必禹汤，以浮夸空洞之文字，将皇帝赞颂一番。

有无知谄媚之臣，听闻皇帝诏曰，心无揣摩，简单直接，竟打算自己出钱，替皇帝建造露台。

诹媚之臣书写代劳奏章之时，心起遐思："如此，吾皇必垂青于我。"

有刚直正义之大臣，听闻皇帝诏曰，心起欢然，暗自念言，吾皇爱民惜物至此，我为效忠，何其荣幸。

刚直欢然至极处，看着自己屋内简陋的陈设，忍不住一念动迁，"吾皇虽英明神武、爱民惜物，然若论简朴，应该还是不如臣的吧。"

帝都之臣一夜思绪动荡，翌日清晨，除刚直大臣外，群臣有关止建露台的奏折，如雪片纷至，均呈在皇帝正文的案上。

皇帝见己一句诏言，竟犹如雪种，滚起偌大雪球，不由感慨道："古时皇帝自称寡人，如今看来，以一言而激起无数揣摩，竟无一人知我者，确实孤寡。"

仁义堤

一

在星海偏隅有一沉浮人间，彼世间有人情之河与仁义堤坝。

彼人情之河，每每春夏，气候炎炎之时，常泛滥成灾，祸及河岸两侧乡民。

以是之故，每每秋后农闲，当地太守便发动河岸两侧乡民，修筑仁义之堤，防范来年人情泛滥。

堤名仁义，取其"舍私为公"之意也。

此之倡议，常得沿岸二十里之乡民拥护，二十里外则鲜有应者，以修堤事苦，河泛亦淹不至其家也。

某年，新太守上任，意大展宏图，发动沿岸百里居民，苦干三年，大修仁义，使之成百年之堤，坚固难撼，一劳永逸，阻挡人情河流泛滥，无复每年勤苦。

由是太守明面上发布修堤檄文，其文慷慨陈词，号召百姓，共赴决战，私下里则千方百计地筹集资金，作义民薪资。

檄文发布七日，沿岸百里响应之乡民不足百。

不得已，太守又发招工告示。告示里语调高高其上，许诺相应薪资，工资日结，招募苦力，做修堤劳动。

告示发布三日，响应乡民成千上万。由是修堤事业第一年竟。

翌年，太守又发檄文，其文慷慨陈词，号召百姓，共赴决战，修筑仁义，防范人情。

橄文发布三日，响应乡民近千。太守又私下透露消息，今年工作亦有回报，类比去年。如此不足七日，人员召集齐备，修堤事业第二年竟。

第三年农闲，太守再发橄文，慷慨陈词，号召百姓，共赴决战，修筑仁义，防范人情。

橄文发布三日，乡民聚集，声势鼎盛，太守登高一呼曰："仁者为何而来？"百姓共相应曰："为仁义而来！"

由是修提事业竟。

此后百年，人情之河无大泛滥，每年修葺事亦简便。沿岸百姓每每提携幼子，路过仁义堤坝时，常指着堤坝说道："此是吾为仁义修筑之堤。仁义者，舍私为公也，一劳永逸，小子应学之。"

彼太守，是善教人也。

双 生

　　在星海偏隅有处人间，名曰双生。

　　缘何彼人间名曰双生？因彼世间之人，皆有两种人生故。

　　所以两种者，乃现实与梦境。彼双生世界，构建奇妙，人心轻灵，入梦不沉。是故于梦境界能连续，犹若真实。

　　彼梦境界，并不随人醒眠而生灭，却是稳固，众人出入梦中，皆无障碍，亦能于梦中言辞谈吐，创建事业。

　　以是之故，梦境是一世界，现实是一世界。彼双生世间，人人皆有梦境、现实两种人生。

　　于两种人生，最上莫过于两全，皆得成功。如若不能，则有偏重。

　　双生世界之人，两全者少，偏重者多。

　　于彼梦间，或有朋友，梦境中为大富豪，资产不菲，能随心建设。然于现实，却属贫困，多有挣扎。

　　梦境富豪于现实中，并不向外表明身份，其内心坚信，人之有能，无论何处，皆可成功。

　　此言固然有道理。可人生就像岔路，选择其中一条，为使遗憾不至太过于遗憾，人总自我安慰可以往后回头，去另一条路上看看。

　　其实并无法回头，就像人无再少之年。因为时间精力，都已不够。

于彼现实，或有朋友，现实中医疗美容，大获成功，受众人追捧。彼于梦境世界，却因丑陋，无人问津。

梦境中人，宁死不愿透露现实中名，以其遗憾，使人尴尬故。

此番侧重，造就双生世界，种种奇异。

彼现实世界，常有乞人，衣衫褴褛，放浪形骸，慵懒躺卧，草地树荫，从不在乎他人看法，于现实种种所求，嬉笑不以为意。

若在他方世界，此必隐士高贤。然于双生世界，情况又有曲折。

因彼乞人，选择活在梦境。梦境之中，其人衣着得体、身居要职，苦心经营，梦想世界，为子孙后代，谋划长远。

于乞人而言，现实反而短暂且梦幻，不名久长。既非久长，何必当真？不若放浪，以宽身心。

因彼乞人，于梦想中尚且苦劳，种种所求，是故不名善隐也。

不　记

一

星海偏隅某处人间，小民不记居住其中。彼不记者，善作言辞，自言爱恨情仇皆应忘怀，时人赞美有之，不以为然亦有之。

不记于内，大小琐事，通无记忆，一应操劳，全赖其妻。其妻颇有怨言，不记则曰："丈夫所为天下事也，何可以此区区小事劳神？爱妻莫怨，待我发达，汝亦光鲜。"

不记于外，大小琐事，通无记忆，一应打理，全赖友人。友人颇有怨言，不记则曰："丈夫所为天下事也，自当亲信兄弟。既有兄长，我何多忧？"

久之，世人皆知不记善忘，来去无心。于此赞美者有之，不以为然者亦有之。

某年，不记游行于街道，善忘如彼，竟茫茫人海之中，一眼识得二十年未见旧友。其人喜上眉梢，一路奔驰，执彼之手，亲切言曰："阿吴，阿吴，久未相见，可识旧人？"

阿吴面目茫然，似陷深忆。

不记又言："遥想当年，总角之宴，言笑晏晏，信誓旦旦，愿无离间。不意世事，总归变故，自昔一别，二十春秋。每思及此，辗转反侧，心大忧伤。汝可记得？当年与汝同买糖霜，汝尚欠我二十个铜子未还。"

钟表世家

一

星海偏隅某处世间，有钟表世家。

彼钟表世家，时代承袭，专为国王及名门望族，制造华贵钟表时具。

彼钟表者，外观奢靡，或金或银，或沉或檀，镶以珍珠玛瑙，裱以丝线流花，华美异常，尤非技艺。

彼技艺处，在于内核，机芯构造，机关技法。彼机关之术，纯粹手工，于尺寸之地，辗转腾挪，构筑零件，差之毫厘，失之千里，全凭感觉，依心而行，最终成品，一日走时，分秒不差，斯为纯熟。

匠人流风，是彼世家三十二代传人，其父火云，其子丹砂。

流风少时抓周，满床金玉，独选锉刀，其父欣慰，自认有继。后其七岁，捏泥制钟，及十四岁时，正式学艺。

初学技艺，流风懒散，所制之钟，亦随其人，一日总慢三分。其父时常督导训斥，快些快些。

训斥日久，流风逆反，顶撞其父，诉曰："汝总不近人情，待我严苛，何不能宽待，缓缓行之?"遂于雨夜，离家出走。

其父见子逃遁，内心忧愁，冷雨之中，反复找寻，内火外寒，煎熬之下，病倒不起。

数日之后，流风归家，见父卧床，心有悔恨，痛改前非，精勤学艺。

彼时学艺，流风焦急，所制之钟，亦随其人，一日总快三分。其父时常督导训斥，慢些慢些。

如斯岁月，悄无声息。流风三十岁时，得知妻子怀孕消息。初则欣喜，久则忧虑责任齐上心头，倍感煎熬。

其人崩溃，于夜逃跑，漫无目的，游荡街头。此次流离，不过小半时辰，回家之时，家人尤不知觉。

流风安慰妻子之后，将己一人独自反锁偏僻空房，抛却一切埋头制钟。

此钟亦随其人，欣喜、痛苦、责任、压力，种种情感，反复交织，终于一丝了然，通透心间，整日旋转，不快不慢，时光恰好。

其父见之，大感欣慰，自此以后，无复训斥。

如斯岁月，悄无声息。其子丹砂，十六岁时，学习制钟，不得要领。流风焦急斥责，丹砂逆反，顶撞其父，诉曰："汝总不近人情，待我严苛，何不能宽待，缓缓行之？"

一旁火云，看戏饮茶，乐不可支。

时也运也

一

在星海偏隅有一混乱人间，彼人间有三杰，能做缘木求鱼事，足以贻笑大方。

其杰之一，为东海渔夫，彼人无网而渔。每每饥寒交迫，其人便立海边，张开双手，候鱼跃入怀中。

有好奇者问之："仁者捕鱼，缘何不织网？若能织网，下海捕捉，其获必多。何必如此，行不能之事，候鱼入怀？"

渔夫闻言傲慢答曰："汝卑贱人，岂识得好歹？我乃贵人，所赖命也运也，命运之至，鱼何不入我怀？"

不多时，渔夫饿死。

其杰之二，乃西山猎户，彼人总做无箭之狩。每每饥寒交迫，其人便持空弓入林，见有野兽，便拉弓弦，无箭而发。意图使野兽闻声，惊恐自毙。

有好奇者问之："仁者狩猎，缘何不用箭？若有利箭，入于山林，所获必多。何必如此，行不能之事，候野兽自毙？"

猎户闻言自信回曰："汝岂识得好歹？我乃天幸之人，所赖奇也迹也。奇迹之地，何事不可？"

不多时，猎户饿死。

其杰之三，是南田农夫，行播种不秧之举。每至农时，其人立于水田，双手无物而向天挥洒，做抛秧之举。

　　有好奇者问之:"仁者耕种,缘何不播种秧苗,空抛之事,焉能有获?"

　　农夫闻言贪婪窃笑曰:"汝岂知事?我乃无知可怜之人,所赖怜也悯也,既受人怜悯,又何须自劳?"

　　不多时,农夫饿死。

　　可怜之人亦有可恨之处。

　　世间事,想要有收获,则必须有相应的付出,而且应先有付出,后有回报。

问心礼

一

在星海偏隅有一逐流人间，彼世间人心随波荡漾，志难常立，是故有问心之礼，助人立志。

彼问心礼，常开于每年春忙之前，由城镇乡村忠厚长者，坐于一高讲台上，审问讲台之下的诸年轻人心意如何，将来意欲何为。

少年于众中，宣誓志愿，志向有所稳固。

问心礼大意如此，然细微审问方式，因人而异。

有长者会问，少年心向何处？是耕还是读？是经商还是为官？

少年闻言，依心作答。以此明志，以此践行。

又有长者会问，少年是愿安分，还是愿冒险，行小心翼翼无波折事，或是勇闯天涯偿心甘？

少年闻言，依心作答。以此明志，以此践行。

某日，有直长者，问心少年曰：

"少年可愿成宽厚仁德？忍受孤苦，事多磨难，舍己为人，成全豁达？"

少年闻言，心有畏惧，颤巍回答：

"小可只是普通人，所愿不过一日三餐、柴米油盐，恐不能成此伟业。"

长者听闻，又问曰：

"少年既不能成仁德，甘于普通。当老老实实、常思自己不如人处，莫有非分之想、莫自视甚高、莫肆意点评他人。汝可愿为？"

少年闻言，心有忿忿，不甘回道：

"王侯将相，宁有种乎？我何不能成就伟业？"

普适美食

——

星海偏隅某处人间，有民绍枚。

彼绍枚者，热衷饮食，欲愿烹饪，世间极味，使人人品尝之后，皆称善美。

其人初入县城酒肆，学习技艺。彼酒肆大厨，百里闻名，烹调擅于颠覆，创新奔放不羁，重油与盐，轮番轰炸，使人迷失。

绍枚从其学习，初则大受震撼，久则颇有憾然。因其菜品，特立独行，爱之者众，恨者亦众。

三年学习，绍枚思迁，曰："世间佳肴，若无普适，人皆称道，缘何称为美食？"遂辞酒肆，往省城厨艺庄园而去。

彼庄园者，千里闻名，乃是传承，派系饮食。彼派流传，最是讲究，基本功底，刀工火候。细致处理食材，敏锐掌握火候，处处用心，调味经典，虽无大刺激，绝味依旧。

绍枚从其学习，大受震撼，自觉见新世界。其人言曰："今时新人，明日作古。今日创新，明日亦成古迹。为创新而创新，刻意违背经典，委实鲁莽。彼经典者，能经时光考验，必然有其圆融。"

如斯学之二十年，成派系之首，徒弟众多。后某一日，京城阁老致仕，造访庄园，尝其烹饪，心颇欢然，愿为引荐，京城御膳房中。

绍枚闻言心动，其妻妾劝曰："京城路远，夫君已然名厨，受用并不乏缺，何必辛苦？"

绍枚则曰："丈夫生此世间，当有所为，我此一生，愿见普适美食，人皆赞扬。"遂入宫中御膳。

如斯御膳勤劳二十余年，终得休息，皇帝赐金，放还故乡。临行别时，有弟子问曰："老师平日总说，愿见世间普适美食，不知可曾见之？"

绍枚闻言，沉默良久，回曰：

"仁者，世间并无普适美食。

"同一食物，有人欢喜，有人厌恶。之于喜欢，大多也就前面几口，饱足之后，唯有厌倦。之于不喜，若是饥饿将死，品尝入口，亦觉珍馐。

"同一饮食，同一之人，有时欢喜，有时厌恶。一人如此，况千万人哉？"

水漂之会

一

星海偏隅有其世间，名曰无斗。

以彼世间，人心或许，有时狭隘，然而庆幸，并无战斗。

于彼世间，陆地海洋，其间大小国家，星罗棋布。国家之间，并无战争。于其国内，无有世袭，皆是禅让，依德立位。

若王盛德，四方归附，领土自然增加。若王微德，四方游离，国土自然减少。若王道一般，则国土常依旧，无增无减。

某年，某盛德国王，朝议论后，与群臣漫步青花园中。彼园青色华多，复有一池春水，俯柳点触，波澜微漾，宽慰心灵。

国王信手拾起卵石，投掷池中，水漂涟漪阵阵。

群臣悦意，云从国王，投石漂水，斯为娱乐。末后冠军，王赐吉金，赞曰善掷。

冠军拜曰："谢我王上，臣所以善掷者，是仆故乡，曾有富豪，尤喜如此，常以铜钱作鹅卵石，投掷水面，我得效仿，故能擅长。"

国王诧异曰："彼以铜钱作卵石，投掷之后，复还收集，岂不劳烦？"

冠军回曰："我王勤俭，实所不知，彼富豪以铜钱作水漂者，掷后并不拾取。"

盛德国王，闻言无奈："如斯不懂珍惜，是堕落相。"

是时众中有童子问道:"富豪堕落,投掷铜钱,作水漂用。若王权贵,堕落之相,又当如何?"

大众好奇,议论纷纷。

或有人曰:"若王权贵,堕落之相,当以黄金,作鹅卵石,水漂投掷。"

众人初以为是,后又以为非。国王富饶,纵使日夜,投金入水,又能多少?于国于民,无有伤害,虽不能称名雅好,然亦实非堕落。

或有人曰:"若王道堕落,当以奇珍、稀世宝物,作水漂投掷。"

众人初以为是,后以为非。彼稀世奇珍,固然价值高昂,然投水中,毕竟未失。既无消失,自有打捞,可作挽回。

且彼珍宝,向来锦上添花,得之固然美好,失之亦能生活。于国于民,无大妨碍,称为堕落,恐怕勉强。

是时,又有人言:"若王道堕落,当以号令用卵石投掷水中。

"时而号令往左,时而号令往右,时而以是为是,时而以是为非,建设复又推倒,推倒复再建设,无其远长,不虑小民,任性而为。"

众人闻言,皆以为是。

盛德国王,闻言心欢,握其手曰:"仁者善知,既知何为堕落,自知如何上升。不知寡人老后,仁者可有愿望,替我之职,守护国家。

"广使一切黎民,安居而能乐业,如此我心,则大欢喜。"

在逃好人

一

在星海偏隅有一缘分奇妙、善恶分明的世间。彼世间一边，全是好人，组成国家，名曰清善，而世间的另一边，则多有未全之人，组成国家，名曰无序。

清善、无序两国，以知足河为界限。知足之上，是清善国度；知足之下，过无尽草原，则有不闻知足之无序国度。

清善之国，国如其名，人人良善，信守承诺，国清而善。彼国路不拾遗，夜不闭户，无有谎言，亦少夸张，人人幸福，罕见争端。

无序之国，亦如其名，人多违心，蛇鼠两端，为利背诺，混乱无序。彼国户户有锁，心心筑堤，迎面阿谀，转背相诈，多有抛弃，亦罕践诺。

某日，清善国有三少年极意，厌弃太平、无所事事，渴求刺激，谋划冒险。

彼三人装备齐全，越过知足之河，向无尽草原深处探索，历经波折，抵无序国境。

初出清善的少年，不识无序人心险恶，被边境路霸拦下索要过路费，竟以为是例行程序，于是随人取要。

路霸见三人木讷好骗，遂虚张声势，直言三人疑似通敌奸细，需扣下所有物资，带走盘查。

　　少年听闻奸细之言，尽皆慌神，急忙自辩，亦将全部物资悉数交予路霸，任其带走，详细盘查。

　　路霸满面惊喜拉走物资之时，仍不忘嘱咐三人在原地等待，直言若是检查无误，一日内便回。三人听闻不胜欣喜，直夸无序国效率颇佳，一日内便能做奸细辨伪。

　　翌日午后，三人于烈日下久等，不见路霸归来。饥渴的三少年彼此安慰，一日约定未过，是我等心急，着实失礼，有违大方。

　　第三日午后，三人于烈日下久等，却不见路霸归来。十分饥渴的三少年彼此安慰，世间未曾有不信守承诺之人，他之所以未来，一定是遇到突发事故。我等应当体谅，不应着急。

　　第四日午后，三人于烈日下苦等，仍不见路霸归来。接近崩溃的三少年开始哀叹，那人一定是出大事了，否则怎会耽搁这许久？奈何我等奸细嫌疑尚未洗脱，又承诺原地等候，于理不能前往救援。

　　焦急的少年们于是请求四周路人相助，循路霸消失处仔细搜救，看究竟是何意外。

　　众人起初不解，听闻少年详细阐述之后，不由哄然大笑，惊奇世间竟有如此单纯之人。

　　此时三少年方才如遭雷击，意识到这世间竟有如此背诺之事。

　　经受不住此番沉痛打击的少年们，抱在一起痛哭流涕。围观的无序国人，都以为他们之所以悲伤是由于物资损失，只有少年们内心明白，更大的悲伤是被辜负。

　　涕泪交加的少年问无序国人：“仁者，你们为什么要互相欺骗？”

无序国人闻言黯淡，缓缓回道："因为这个世界是浑浊的。"

少年闻言，更加不解，他追问道："世界的浑浊与否，难道不是由人决定的吗?"

无序国人无言以对。

而遭此波折的少年，再也无法忍受停留在无序国的一分一秒，他们擦干眼泪，一步步向上，穿过无尽草原，回归知足河上——清善国度。终生不复厌弃太平。

勤　盐

在星海偏隅有一沉浮人间，彼人间善有百果鲜蔬，食之味美而不觉累赘，是人所热衷。

某日，人间君王，东游云梦之乡，造访某善隐高士之棚。一席清谈，两相得欢。

临近分别，君王尤有兴致，听闻高士隐居山中，常食珍蔬，由是启问："先生善隐，常食珍蔬，不知蔬菜之中，何物最鲜？"

高士闻而告曰："百果千蔬，臣所食啖，唯以时节，合令皆宜。若论最鲜美，我所知者，乃秋尽冬来，挂霜白菜，料以豆腐热汤，佐以勤盐，最是鲜美。"

君王闻之食指大动，曰："先生善饮食矣！如君所言，白菜豆腐，我所知之，唯'勤盐'者，寡人实不知为何物。

"我宫室有海盐、岩盐、粗盐、细盐，乃至天上彩盐，亦偶有之。唯此'勤盐'，实不知从何而寻，还请先生教我。"

高士答曰："'勤盐'者，勤劳之盐矣。人之胃口，勤劳而后，于人于己皆无愧则开。由是能享，由是能受，由是能品，由是能尝，世间千万细微滋味。"

君王闻之肃穆，作礼拜谢而退。

历史其人

一

在星海偏隅有一阳谋阴论参差国度，国度有王，名曰"历史"。

彼历史王，因嗜读史之故，自号"历史"，取"遍历群史"之意也。

历史王，每读史至畅快处，欲与人交流心得，亲近之人，则多惶恐，不能对答。故历史王又常微服私访，深入酒肆茶场，与人讨论历史兴衰。

久之，王上不仅知晓古今沧桑，而且亦懂人情冷暖。

某日，恩科过后。王上于清池台宴请诸学子。王问学子："仁者阅览群史，可从其中有所感悟？"

学子见王威仪，皆战战兢兢，毕恭毕敬行礼答曰："臣下从史书中，读懂'仁义道德，忠君爱国'八字。"

王上闻言，不置可否，他挥手示意自己有些疲劳，提前退场。退场后，王上又命太子装扮成普通学子模样，混入宴席中，问诸学子，读史有何获益？

这王上一走，宴席里的诸学子顿时如释重负，不多时，彼此觥筹交错，渐有肆意。

装扮成普通学子模样的太子，借着几分酒意，问诸学子，读史有何获益？

有学子言:"学阴谋权术。"另有学子言:"知帝王心术。"

宴席散场过后,太子将自己所听如实告知王上。

王上似早已知晓众学子之心,对于太子的禀告,他并无意外。他反而有些无奈地摸摸额头,语重心长地对太子说道:"仁者,众人之心,我已熟知,恐汝不知,故遣汝亲问。待我归天,汝继我位,当战战兢兢、如履薄冰,效仿仁义,健全道德,如此一生方能自安,无惧臣下,内心腹诽。纵是如此,后世之是非人,阅史见我此言,又当腹诽,我是王上,贩卖仁义,权谋心术而已。"

大王一族

一

星海偏隅之处，有一云雾缭绕大山，大山深处有金丝猴族群。

彼金丝猴者，类人而温顺，性灵且聪慧，能说人言，编织耕作亦能为之。由大王一族，世代统领，烂漫兮，追逐四季花果，听泉兮，山间林海，时而迁徙，时而定居。

彼大王一族，却非猿猴，实是人类，据说数千年前，由外而来。

他们教导金丝猴语言，为其治疗疾病，教其演算天文历法，分辨植物利弊，为金丝猴带来文明。因此世代受猴供给，为猴子大王一族。

提及大王，猴群传说，流传甚广。

据说，很久以前，大王一族乃无争人间贵族。

彼无争人间，没有战争，亦罕偷盗，路不拾遗，夜不闭户，人人和蔼，擅以琴棋书画相娱乐，饮食玩具，样样精致，自然泛光，使人流连。人与人间，其实平等，所以贵族者，乃有德长老一脉。

彼处之人，偶有争论，若不能诚服，遂请有德长老，为之辩理。长老有德，细软言辞，循循善诱，常使双方干戈化作玉帛。如此久长，人心拜服，尊崇长老，供给衣食。长老由是专职为人辩理，旷日时久，长老一脉，即成贵族。

大王一族，乃彼无争人间长老之后。彼时世人，或有争执，常在大王一族处辩论道理。久之，大王首领向前来黎民说道："汝等无知，时常迷惑，非依我故，不能明理，还请尊称我为大王，供给高于一般贵族。"

黎民闻言私下商议道，那贵族委实无理，明明已受供给，却要身份更显。我等不若向别处辩理去。

如此，大王一族于无争世间逐渐没落。千百年后，集体迁移至有争世界。

彼有争世界，遗憾常有战争，常有窃盗，家家有锁，心心筑堤，亦因如此，诚然有王侯与奴隶。

又彼世间，琴棋书画，饮食玩具，皆转下劣，不若无争。

大王一族，以无争世界之理领导有争世界，世人纷觉高义，厌倦斗争，上善之辈，四方归附大王左右。渐渐然，大王一族，有其领土。

彼时人们尊称大王一族为大王，那是超过一般贵族的尊称。

如此又过数千年，某日，大王一族首领王者，召集臣下说道："汝等无知，时常迷惑，非依我故，不能明理，及获身安，还请更加尊重于我，朝我行跪拜之礼。"

大臣闻言私下商议道，大王实在无理，明明已受供给，接受尊称，却变本加厉，为彰显身份，要人下跪。我等不若去别国。

如此，大王一族于有争世间逐渐没落，千百年后，集体迁移至云雾缭绕大山，与猴类为邻。

他们教导金丝猴语言，为其治疗疾病，教其演算天文历法，分辨植物利弊，为金丝猴带来文明。因此世代受猴供给，为猴子大王一族。

日日夜夜，受群猴顶礼膜拜。

"惜哉无知，恨哉傲慢。彼人间人，诚然无福，不知感恩，故不能受大王一族教导也。"群猴如此感叹道。

体　面

在星海偏隅有处人间，彼人间万事，与他方世界，或者相同，或者不同，尤可称道的是彼人间讲究体面。

体面人间，人人热衷体面之学，乃至畜生亦热衷于此道，颇有研究。以是之故，彼世间名曰体面。

某时，体面人间有豺狼名曰狠厉，于山间林野咆哮，四面八方之狼，由此聚集。

狠厉曰：

"诸亲朋好友，不才苦心研究体面之道。今有发现，不吝分享，还请诸位，尊崇于我。"

群狼面面相觑，静候下文。

狠厉又曰：

"我辈豺狼，畜生也，畜生体面，曰威，曰胁，威胁也。

"彼无知之敌，傲慢自大，不受威胁，则无自知，亦不畏惧，由此不能体面。

"我辈善以威胁之法，面目狰狞，獠牙吓之，鲜血流之，使之恐惧，臣服拜倒，由此体面。"

言毕狠厉一甩眼色，随从推来老鼠国度大王。彼老鼠大王，名曰傲慢，于鼠群之中，最是力大，由此傲慢无度，肆意欺凌弱小。

狼厉豺狼，面露獠牙，声却轻柔，朝傲慢鼠王曰："大王可曾安好？"

傲慢鼠王，听闻言辞，磕头如蒜捣曰："有劳大王挂碍，下臣一切安好。"

狼厉舔过嘴角鲜血，又曰："我闻大王善舞，能做癫狂极意之蹈，还请为我舞之。"

老鼠大王见此，舍去昔日鼠国傲慢，奉承曰："幸甚。"言毕立刻舞蹈跳跃。

狼厉见此，嬉笑间放鼠王归国。

彼老鼠大王归国，群鼠问之，傲慢鼠王回曰："汝岂知事，彼豺狼国度，勇力强健，诚然上国也。我能于彼游览，奉献技艺，是我有福，应庆幸之。"

群狼闻之，深以为然，皆信奉威胁之法，拥护狼厉为王。

而后某日，老虎国下诏，以威胁法请狼王狼厉为宾。狼厉畏惧，勉强为之。彼于老虎筵席上，剃毛裸形，击鼓奏乐，唱媚上之曲。众虎见之，嬉笑倾倒，皆以狼王为体面，遂送之归。

狼厉归国，群狼问之，狼王曰："汝岂知事，彼老虎国度，勇力强健，诚然上国也。我能于彼游览，奉献技艺，是我有福，应庆幸之。"

彼体面国度，畜生体面，大约如此。之于人道，又有不同。

某年某月某日，彼人间有少年好学，携礼问博学长者，体面如何，如何体面。

长老曰："汝尚年幼，当由外而内，先学体面之表，君子之仪，不苟言笑，行住坐卧，皆缓不急，不陷焦躁，是为体面。"

少年依从教导，认真效仿三年，自觉受益颇多，于是再问长者曰："老师教导，诚然灵通，使我受益。然，学生学习君子之仪，有时不能稳重，无力自制，陷入急躁，心与愿违，此是为何？还请老师教导。"

长老曰："孺子，可见此世界或他世界，游鱼学作游鱼，飞鸟学作飞鸟者乎？"

少年曰："不也，未曾见。"

长老曰："诚然，彼游鱼不曾学习，自然能为游鱼；彼飞鸟不曾学习，天然能成飞鸟。何故？身心自然也。体面之道，无非君子。发君子之心，则能自然，得君子之仪，不必学习，亦无勉强。"

少年又问："如何是君子之心，还请老师教导。"

长老曰："彼君子之心，不欺不骗，不威不胁，为人处世，讲究两全。心无谄媚，自然稳重，心不刚强，天然无争，以是之故，自然而有君子之仪，体面矣。"

梦琉璃

一

　　星海偏隅有梦世界，名曰琉璃，清澈光明，介乎虚实。

　　彼琉璃梦境，无有日月，天空恒时流转，四处洋溢琉璃光明，夺目璀璨。

　　于彼梦境，有梦璃一族，由天空垂落流光而化，不辨男女，亦无争心，自然能说语言，以五光十色琉璃为衣，自然漂浮空中，刹那之间，此处隐没，他处现身，终其一身，足不履地。

　　彼世界中央，有甘味巨树。彼树粗壮，千人环抱，尚且不及，躯干透明，犹若玉石，中间脉络，静怡流淌，炫目流光。流光枝头，自然凝结，种种大小，颜色缤纷，甘味果实。

　　彼甘味果实者，见即忘忧，闻则饱足。梦璃一族，常于树下，畅享饮食。

　　又彼世界，复有风音山谷。彼山谷多有孔隙，或者连环，或者独立，构造微妙，梦中风起，拂过山谷，孔隙之中，自然流出，百千万种，和雅善音。

　　彼音奇特，入于耳中，所响曲乐，随人心意，各有不同。

　　所相同者，是彼音声，皆适人心，不轻不重，不急不缓，不锐不钝，恰恰间，神魂同拍，协调共振，使人快慰，乐而忘返。梦璃一族，常于山谷，畅享音声。

　　于彼世界，复有镜界湖泊。彼镜界大湖，平整无波、光洁如镜，清澈映照，天上光彩，一时之间，天上地下，不能分别，举目环视，皆极光彩。

彼天流光，纤细微妙，光彩夺目，初眸即欢，再眸深醉，于彼世间，无能有三眸流光而目不眴者，以其悦乐强也。梦璃一族，常于镜湖，畅享光色。

又彼世界，复有云雾水泽。彼云雾水泽，寂静无声，恒时云雾，遮蔽天光，复有水滴，云中坠落。

彼云雾水滴者，点滴人身，即随心意，暖凉自如。

若欲温暖，则点滴于身，全身暖洋，犹若推拿，由外及里，搓揉皮肤，畅通经络，舒展灵魂。

若欲冰冷，则点滴于身，全身寒凉，犹若寒风，由里及外，清醒神魂，寒凉经络，表皮凝霜。

此番快意，难可喻说。梦璃一族，常于水泽，畅享欢乐。

诸乐往返，时间空虚，梦璃一族，无其岁月，心常散漫，渐则迟钝，犹若畜生。

而后一时，彼迟钝梦璃族人，云雾水泽，享受欢乐，因心散漫，乐不如前，因此贪嗔，欲求刺激，空中降落，以足触水。

彼足触水，万千喜乐，一时来袭，迟钝梦璃，失心眩晕，跌落水中。经水浸泡，数百千年，始渐复苏。

彼人半梦醒间，自认醒悟，总觉从前，太过天真，不知使乐极限。

彼甘味果实，风味诚然美好，若遇嘉果，何不将之采摘，设为私有，他人不闻，唯我独享。此无疑使人尊崇，乐何可说？

彼镜界湖泊，流光如此璀璨，不若以器盛满，带往他方世界而去。他人欲见此乐，必然谄媚于我，我则为王，乐何可说？

彼云雾水泽，滴水使人身安。待我成王，带领臣民，围绕水泽，设立阻拦。由此梦璃一族，亦当臣服，乐何可说？

待彼真正清醒之时，已然由虚入实，由梦璃世界出，入彼瓦砾世间。过往一切，悉皆忘失，爱与恨者，及欲贪婪，俱藏深心。

彼人无助，由水中游至岸边，双目迷茫，惘然若失。

彼瓦砾世间，并无甘味巨树，无有风音山谷，亦无镜界湖泊，更无云雾水泽。诸多乐趣，皆不如梦璃世界。

又彼瓦砾世人，常以勉强，互相折磨，以作取乐。

澄清乐悦

一

星海偏隅有澄清乐悦世间。

彼世间缘何名为澄悦，以乐悦澄清故。

他方世界，乐悦心开之时，世间之人，心意有时不能自制，或生傲慢、或入癫狂、或陷痴呆。凡此种种，皆名浑浊。

澄清世间，则不如此，彼世间人，乐悦欢畅之时，心亦澄清，无有嗔怒，不入痴狂，以是之故，名曰澄悦。

彼澄悦世间，并无法律，因无罪犯故。

若言有何准则，是人所尊崇，则有其一，曰平衡清澈。

何为平衡？是彼付出与回报，应当平衡。欲得回报，先有付出，未曾付出，不期回报。

何为清澈？是彼付出与回报，应当清澈。此次付出，此次获报，不待下次，徒生怨望。

彼澄清世间之人，因奉行平衡清澈之法，彼此交流，皆无恨怼，各得其所，事事欢悦。常以知足之心，熄灭贪婪。

以是之故，彼国无有罪犯，自无律法。

又彼澄悦世间，因心澄清故，所得乐悦，胜过他方。

他方浑浊世界，苦劳身心，发愤图强，建功立业，称名无憾，论其感受，所得欢然，不若澄悦世间人，弹指之间，以落叶击于飞花。

此番大悦，足慰人心。又彼澄悦世间，复有忧愁之谷。

彼忧愁之谷者，专为世间好奇而设。因彼澄悦世人，终身时常欢然，听闻他方国度，有忧愁悔恨之情，心中极大好奇，欲知其中滋味。由是立忧愁谷。

彼忧愁谷中，特别设立规则，世间付出回报，不必平衡清澈。

好奇世人入忧愁谷中，有刻意少少付出，求大回报者；有刻意不做付出，向他人索取回报者；有刻意使他人付出，却回报己者；亦有刻意做甲事付出，不求回报，留待时长，乙事报答。

一时之间，忧愁谷中，忧愁遍布。欠债者有之；追债者有之；刻薄者有之；滥情者有之；愚痴颠倒，自认付出没有回报者，亦不幸有之。

澄悦世人，由忧愁谷出，皆大尴尬，群相谓言："嘻，是我无聊，欲知忧愁滋味，如今识之，诚非嘉美。"

众人复归澄悦世间，行平衡清澈之法，演算彼此忧愁谷中亏欠，弥补平衡，使之清澈。

随即欢然，如释重负，各得其所，作礼而去。

举世皆醉

星海偏隅有其世间，名曰炫光。

彼世间缘何名为炫光？以其日月及诸光明者，皆为发散，炫目有光，如人酒醉所见，故名炫光。

彼炫光世间，中有大湖，其名蒸腾，占据大地，过半之数，未能有人，知其深浅。

又彼湖水，深琥珀色，犹若醇酿，四季蒸腾，缥缈云雾，散入人间，无所不至。

彼云雾者，极深入魂，纵使些微，入于口鼻，人即混沌，似梦还醒，玉山倾倒。

以此之故，世间日月，及诸光明，皆光发散，种种炫光。

又彼世间，平常之人，算术之学，极止于三，若一、若二、若三，若超过三，则名许多。至于能数，过于十者，则为数学大家，人所推崇。

于彼世间，无有圆形，椭圆与圆，并无差别。醉卧路旁，是名休憩。直线而行，则为杂技。小步快走，则为健将。能知己名，知身何处，是为人间清醒，极大智人。不知己名，不知何处，斯为世间常事，人不诧异。

复彼世间，有升灵之节。每年谷雨，夜或清晨，寒凉彻时，有大陆风，吹向湖泊。彼时世界，云雾最薄，常有醉人，醉意中醒。

其人共相欢聚，庆祝升灵，自认成仙，得仙见识。识数能过于百，知有圆与椭圆，直线行走，百步不乱。何其神通，异于平常。

彼人只认当时，忽然神通，却是不认，平日自己，是为混沌。

于此情形，世间亦有孤独，自认浑浊，遮掩口鼻，躲入深山，重重障壁。渐渐然，知觉恢复，得以清醒。

清醒之人，全副武装，入于尘世，击鼓鸣金，召集众人，大声呐喊："世间沉溺，我独清醒。"

围观众人，讥讽笑曰："彼人疯癫矣。"

春雪流沙散

一

在星海偏隅有一极味人间，彼人间以饮食极味闻名。

说是极味，然彼世间饮食并不繁复。若言果蔬，约三千种，若言主食，则其有三，曰稻，曰稷，曰菽。

稻者，水生之谷；稷者，陆生之谷；菽者，地生之谷也。

略而言之，极味世间，天上地下可供饮食者，三千零三种，数目并不许多。

又彼世间欢宴，若平民之家，则主食一种，或稻或稷或菽，或果蔬一种，三千之一，称为一食；若权贵之家，主食一种，兼果蔬一种，称为二食；若帝王之家，主食一种，果蔬两种，称为三食。

三食之筵，已是极限，若超过之，世人皆以为奢靡无度，是堕落相。

区区三食，岂非简陋，使人不快？

实则非也，此世界，他世界，饮食好坏，皆由人心，而非食材。

譬如人之深陷极大恐惧，忧虑之中，纵食百味珍馐，亦同嚼蜡。譬如人之重病沉疴，饮食极上鲜香，口亦乏味。

极味世间之所以称名极味者，非因食材繁复，乃彼世间之人，人人皆有，极味之舌。

彼极味之舌，能于一饮食，随人心意，尝百千种味，若愿悠长，滋味绕唇，三月不散，饱足无憾矣。

以是之故，彼处世间，称名极味。彼世间饮食种类之所以不多者，大巧不工，化繁为简也。

极味世人，畅享极味，百年、千年、万年，世代如此。

后忽某日，世间疾病。

彼疾病者，传播广泛，不害人命，专攻人舌。患病之后，极味之人，忽然舌钝，有时不能随心，于一饮食，尝百千种味。

更有甚者，竟有病重之人，品尝到自身不喜之味，此是闻所未闻之事，一时之间，天下大乱，人人惶恐，惊惧不安。

于是群雄豪杰奋起，各显本领，尝试拯救世间于乏味之中。

或有长老，提出运气健身通脉之法，助人恢复极味之舌。该法确实有效，奈何太过繁琐，不能间断，委实苦劳。

或有奸诈，提出九十日一劳永逸恢复极味之法，起初拥趸者众，九十日后，怨怼者众。

后来，有深山砍樵，自偏僻不化处，带来灵石，名曰春雪流沙散，问题似乎解决。

彼春雪流沙散，委实奇妙，色如白雪，细若河沙，颗粒分明，晶莹剔透。若放一粒至嘴中，则极大苦咸，人不能忍；若放数粒至菜肴，则刹那之间，人舌又能随心，品尝百千种味。

一时之间，春雪流沙，遍散极味。

于此流行，世间智者，深心忧虑，恐人依赖，遂成惰性。于是反流沙联盟，名曰夏炎，随后建立。

彼夏炎者，寓意夏日炎炎，消融春雪，向人宣导流沙之害。无数有识之士，加入其中。

起初，夏炎攻势猛烈，春雪消弭殆尽，而后几经反复，夏炎

266

春雪，分庭抗礼，再后来，人心逐渐懈怠，习春雪为常，世间已无夏炎学说。

有关夏炎之故事，便仅存于神话之中，被极少数博学之士，茶余饭后偶尔提及。

至此距离春雪初生，已过万年。

此时人间，若言果蔬，约三十万种，若言主食，则有三千。

世间欢宴，若平民之家，主食一种，果蔬十余；若权贵之家，主食三种，果蔬数十；若帝王之家，主食十余，果蔬上百。

品类虽多，滋味却减。

彼人间烹饪，无有不加流沙者。世人之舌，受万年流沙刺激麻痹，代代转重，已非极味。若无流沙，味尚不识，已然不能，于一饮食，尝百千味。

此时极味人间，自然更名，称曰乏味人间。

宁静繁花

一

在星海偏隅有处人间，莺红柳绿，山峦风光，与别处无大不同。

彼处人间，日升月落，春夏秋冬，人们昼起夜伏，从事百千行业，彼此配合，建立家园。幸与不幸，亦有作家一事。

彼作家事，若细分别，亦有流派、体系、理论取舍。

曾几何时，宁静听水流与繁花绽放流，是彼人间主流写作理论，彼此分庭抗礼，各有拥趸。

彼宁静听水之流，写作讲究，由内而外，文章一字未写，先拟核心精神，内涵义理。在此精神之上，再有发挥，堆砌文辞，叙事铺垫。略而言之，重精神也。

以是之故，宁静听水文章，篇篇皆有核心立意，深邃思考，奈何有时，叙事僵硬，文辞勉强。

彼繁花绽放之流，讲究由外而内，不立核心精神，率性而为，写灿烂言辞，叙情感故事，行至何处，便是何处。略而言之，放浪形骸也。

以是之故，繁花绽放文章，篇篇皆有烂漫言辞，真情挚性，奈何有时，情感溢出，陷入骄狂。

彼宁静听水，写作讲究宁静，非无宁静，无以致远，爱恨虽生，终归安宁。

以是之故，听水文章，多客观陈述，句号标点，少人物对话。

彼繁花绽放，写作讲究畅快，爱恨情仇，皆名畅快。

以是之故，繁花文章，多主观论见，感叹之号，多人物对话。

或有宁静门人，批评繁花，其词曰：

"彼繁花者，徒有其表，喧闹无安，虽从文字，心不安宁，与世种种作务，贩卖叫嚷，期世知我者，有何不同？"

或有繁花信者，批评宁静，其词曰：

"彼宁静者，徒有静名，心大喧嚣，纵使从事文字，亦陷刻意，总愿教人，自失闲趣。彼人写文是假，好为人师则真。"

某年，宁静繁花，广开门庭，招收信徒。二者皆各有十万人拜入。

彼十万人拜入宁静门中，不过月余，去其九万，再过年余，又去九千。十年之后，彼留存千人，尚余九百。

宁静门风，先难后易，大约如此。

彼十万人拜入繁花门中，过其月余，去之一千，过其年余，去之一万，十年繁花，十万总数，最终留存，亦只九百。

繁花门风，先易后难，大约如此。

彼时，宁静繁花，共千八百人。

彼千八百人中，有其一千，不知己身，属于宁静，或者繁花。余下八百，有其五百，不知何为宁静，何为繁花。余下三百，有其二百九十九，认为宁静繁花，本是一事。余一人者，世莫知其意，是为孤独。

孤独者曰：

"此世界，他世界，深刻道路，并无迥异，起初殊途，末后同归。

　　"静极则心上自然花开，遍见繁花又总容易，内心安寂。

　　"听静水犹若见繁花，入繁花心静又若水流，风雅矣。"

见谱闻乐

在星海偏隅之中，有国度名曰极目。

彼极目国度中人，面有四官，曰眉目口鼻，并无双耳。目则有三，左右横一，中间竖一。

因无双耳故，彼世间人之交流，依赖目光。若好友亲朋，生死挚交，彼此目光交接，刹那之间，心有灵犀，即能相通，知彼心意。

若陌路生人，尚未熟识，有时目光，不能明晰，则需借助手势，阐明心意，或抬或举，或做手势，比画之间，即能畅通，交流无碍。

又彼世间人，眉心竖眼，最为敏锐，常出光明，灵动非常。

若彼眉目，泛红色光，即知是人于激动之中；若彼眉目，泛蓝色光，当知是人于忧伤难解；若彼眉目，泛绿色光，则知是人于饥与饿中。

恰恰，因此灵动，彼极目世人，若外出游，常闭眉眼，因觉羞涩也。

又，极目之人，虽无双耳，亦能赏析音乐，闻见音声。

何以如此？因彼国度中人，眉心竖眼，天然有闻声之能。

若有曲谱，极目国人，眉眼见之，则能自然于心中响之，宫商角徵羽，高低婉转声。随人心意净浊，曲谱虽然一致，声音粗细不同。

如此似乎，不可思议，是不可能事。

实则非然。此世界音乐，多从耳入，然离双耳，亦能闻声。

譬如人之深梦，闻丝竹管弦。彼时无人演奏，亦无声波入耳，人却闻声。

再如人之清醒，有时脑海，自动放歌。彼时无人演奏，亦无声波入耳，人却闻声。

还如人之耳鸣，彼时无人演奏，亦无声波入耳，人却闻声。

以是之故，彼极目世界之人，能依目光，见谱闻乐，亦属平常。

彼极目世界，亦有音乐演奏之会。于其会上，并无丝竹管弦种种乐器，却常一方玉璧，黑夜绽放光明。韵律书法大家，以种种协调色彩，蜿蜒曲折，书乐谱其上。

乐谱完成，黑布覆之。音乐会时，诸爱乐人，四方汇集，掀开掩布，玉璧绽光，众人于黑夜之中，见华彩乐章，五光十色，心中自然奏响美音，陶醉沉迷，流连忘返。堪称极意。

于此演奏，彼世间亦有发明大家，深感遗憾。

遗憾何处？彼发明家只觉众人虽是身聚一处，而心音所响，却各有不同，似乎非是同一乐趣。

由此彼发明家，根据内心响起声音，遍寻世间相类似者，以树皮竹木制成空鼓管弦，或敲或击，或拉或扯，使之声波，名曰乐器。

于彼世间，先有音乐，后有乐器。

如此诸多乐器，共同演奏，众人聚集一处，听相同声波，所得音声，亦颇一致，似乎同乐。

此番发明，初热切一时，广受追捧，久则极目国度中人，纷纷将之舍弃。

　　缘何舍弃？因太死板，乐器敲击，仅一种声，如何能使千万人心满意足？

　　远不若以目见之，心声自然，各得悠悠也。

　　由是可知，人与人间，皆需缘分，同一物喜，同一物悲，并不容易。

呼吸过失

一

星海偏隅有其世间，名曰舒畅，于彼世间，呼吸诚然，是为过失。

缘何呼吸，是为过失，因粗重故。舒畅世间，人人周身，孔窍通畅，无有阻碍。

若三月，春风拂面，彼微微风者，从表及里，穿梭肌理，吹拂经络，使人仿若，置身暖海，洋洋之中，慵懒无复奢求。

若六月，疾风飞驰，彼猎猎风者，由身及心，撞击关节，震颤经络，使人仿若，置身山巅，见云海日升，壮阔无复奢求。

若九月，爽风过境，彼阵阵风者，由天彻地，通透人身，激荡神魂，使人犹若，大江岸上，阅尽千帆，心归淡然。

若十二月，寒风急摧，彼啸啸风者，横扫四方，凉浸骨髓，寒透精神，使人长夜孤独，清澈明晰，离于混沌。

以彼世间风劲，故而人身，常自畅通，纵无呼吸，亦不沉闷。刻意呼吸，反显贪婪，是为过失。

又彼世间，自然丛生，种种香木，枝繁叶茂，苍翠挺拔，天然溢脂，空中涎香。彼香繁复，或檀或沉，或脂或乳，或者有闻，或者不闻。

何者有闻？彼有闻香者，人心喧闹之时，微不可闻，唯乎静

274

怡，身心越安，香意越醇。

何者不闻？彼不闻香者，人心刻意之时，微不可闻，唯乎不求，心越恬淡，香意越盛。

以彼世间香氛，故而人身，常自畅通，不假呼吸，而得安定。刻意呼吸，反显贪婪，被认无礼。

复彼世间，不幸有阻塞之疾。彼疾常见老者，及气弱者。以彼气弱，兼之饮食浑浊，种种原因，生阻塞疾病。

彼阻塞之疾，周身气脉阻塞也。因此阻塞，人心闷闷，烦躁不安，犹若他方世界，人之憋屈。欲医此疾，方法多种，或者汤药，或者香薰，亦有一法，行气通身。

彼行气通身之法，协调周身运动，挺胸收腹，纳气入身，名曰为吸。收腹挺胸，吐气于外，名曰为呼。一吸一呼，吸呼，呼吸，行气通身之法也。

舒畅世间，若人阻塞，行气通身，过一日，过二日，过三日，极至七日，阻塞疾愈。

旁人问之呼吸感受，病人莫不言苦劳。虽是苦劳，闷闷更苦，小苦代大，勉强行之。

某年，舒畅世间某处，有某闻香之会。

彼会世间习俗，或于月分，或于日分，召集亲朋旧友相知，点燃熏香，彼此无言，静坐品评，待沉淀香气，自然浸入，乐之悠悠。

彼时聚会，有一中年，沉浸香气，尤觉不足，睁眼打量四周，见无人关注，遂小心翼翼，略挺胸膛，作一呼吸，贪婪香气。

彼呼吸之声，虽然轻微，却极刺耳。四周同伴，无不惊讶，望向中年，眼神玩味，颇是戏谑。中年心中羞愧，坐不许久，寻借口归。

于彼世间，呼吸贪婪，乃过失也。

桃山源记

一

星海偏隅有处世间，多少山水，亦如别处。

若言不同，则彼世间，有如梦之地，似幻桃山。彼山如名，漫山遍野，自然出生，或粉或蓝，或绿或紫，缤纷桃花，远观望之，灿若星海。

桃山之深，复有峡谷，名曰幻境。彼幻境缥缈，终年云雾，缭绕不散。彼雾奇特，犹若实质，弥漫树间，人入其中，自然迷失，仿若入梦，又似深醉，不知不觉间，失向回头，不能深入。

唯乎谷雨，大风之时，云雾消退，隐约之间，见深谷中，桃花源路。

彼桃花源路，大山包夹，中有空隙，狭窄之处，仅容一人，侧身而过。有关此路，世间传说，其实缤纷。或有言说，此路通仙，亦有言辞，说此绝路。

于此传说，世间兴致，诚然生灭。若逢战乱，若遇重建，百废待兴，时人少至。若遇兴盛，若值富强，国王大臣，常遣术士，行此源路。

奈何，彼桃花源路者，未曾有人，行至尽头，是故世人，始终不知，其究竟处。

而后某时，世间兴盛，彼时国王，心有极意，感叹人生，尽欢如此，不能长生，十分遗憾。遂遣术士，名曰武陵，入彼桃山，幻境谷中，寻长生药。

彼人因缘，入于源路，初极狭窄，几乎窒息，勉强疼痛，一路蚁行，不知多久，忽而畅通，天宽地阔，入彼桃源深处，世外洞天。

彼世外洞天，缥缈犹若仙境，玉石以为日月，点缀空中，参天巨木，溢脂诞香，河流溪水，清澈甘洌，复有流云七彩，由天垂落，仙鹤猿猴，眼眸流转，生动溢光，仿若人类。

武陵入于世外，踏足刹那，即失过往，不知己身，从何而来，亦无愿望，将往何去。无父无母，无妻无子，不君不臣，不得不失，无有成功，亦无失败，忘怀人世，文字语言，亦皆相忘。

畅然矣，犹若仙灵，朝饮晨露，午采珍果，夜卧听溪，忧虑尚无名字，何况有实？

却是源路来处，每日清晨，准时响起，节奏高低，似乎人声。武陵以忘怀故，不知其意。

于彼世外，初一日，其与仙鹤猿猴为友；其二日，品尝树莓果实，如痴如醉；其三日，向彼猿猴习得，跳跃腾挪之术，一跃之间，即至树顶；其四日，向彼仙鹤，习得腾空飞翔之术，驾驶云朵；其五日，静坐之中，忽闻空中，自然奏响，万千华乐；其六日，以手指地，甘泉涌出。

其七日晨，入口源路，节奏音声，戛然中断。

武陵好奇，行至源处，提桃木杖，入彼源口，探寻究竟。

彼人渐行渐远，文字语言，世俗人情，皆浮于心，得以忆起。与之同时，世外洞天，犹若梦境。梦醒之时，林林总总，皆沉心海，难可记忆。

其人走出源路，重回山谷，守候众人，既惊且喜，责之曰：

"仁者何故，七年不返？"

武陵恍然，将残记忆，如实以告。

时人有疑，问曰："纵使失忆，彼地遍是珍宝，缘何提携，当初入山，桃木仗归？"

武陵曰："虽见玉石珍宝，流光璀璨，安慰人心，然彼珍宝，好则好矣，惜有一憾，数量繁多。在我思量，世间物者，以稀为贵，是故我人，提携木仗，珍视而归。"

众人闻言默然，相约来年，再访山谷。

翌年，终究不复得入，事遂休。

梦见琴

一

　　星海偏隅有其世间，多少风雨。

　　于彼世间，有其传说，世外洞天，仙境所在，位于桃花山上，幻境谷中。

　　此番言辞，多少年来，终究未有，证与非证。唯术士武陵，相传曾入洞天，取桃木一枝。

　　起初，术士言辞，世人存疑，以彼入于宝山，不取珍宝，唯取树枝，委实怪异。而后，时光流逝，武陵长寿。当彼寿命，过于平常一倍半时，世人渐信其言。当彼寿命，过于平常二倍之时，四方百姓，以为神仙。当彼寿命，过于平常二倍半时，王赐吉金，询养生之道。彼人寿命过于平常三倍寿命时夭，葬礼盛大，所持桃木，入王库中。

　　彼时国王，反复把玩，坐卧睡眠，不曾离身，始终不得，桃木要领，遂将封存，入宝库中。

　　此番尘封，岁月悠悠，再开启时，世间已然，兴盛衰败，几番更替，旧王落寞，新朝升起。

　　彼时新王登基，各路大臣，志得意满，开启宝库，件件浏览，样样品评。至桃木枝时，则有争议。

　　有大臣曰："稀奇稀奇，此王宝库，件件奇珍，唯此桃木，毫无价值，鱼目混珠，泛滥其中。"

亦有大臣曰："世间物品，所以贵者，不在好美，在于稀少。此王国宝库所在，四海财富汇聚之地，一眼便知价值不菲者，处处皆是。唯此木枝，宝盒承之，丝绸覆之，必然神异，极大不同。"

众人几番争论，将桃枝呈于王上。

彼新王者，是爱乐人，反复观详桃木，不得要领，遂命人以此桃木，佐以良材，制琴一台，以抚心灵。

木琴初成，王命爱姬抚之，宫商角徵之声，奇异微妙，使人陶醉。及琴音落，众皆恍然，只道是曾听曲乐，却皆忆不起是何曲调。

遂将彼木，名为梦见，所制之琴，是梦见琴。以其奏乐，皆如梦见，梦醒之时，只知曾有琴声，至于曲调，通皆不忆。

后世文人，为之诗赋，其辞曰：

"梦见花开梦见树，梦见树下抚梦琴。

宫商角徵悉梦见，曲罢方知故梦中。"

迁徙世界

一

在星海偏隅有一处迁徙世间，彼世间之人，具足勇气，尤愿四海为家，各处漂泊。

或有行人，善乘巨鹏，俯大鸟肩颈，遨游世界；或有行人，能驰骏马，奔腾之间，穿行四季；或有行人，步履坚强，一步数尺，丈量世界；或有行人，造船搭车，且走且停，随遇而安。

因志向远大故，彼世间车船物资等，远行事物，样样精致，价亦不菲，唯独住房，简陋粗鄙，亦最廉价。

某日，有不死心之房产商人，于旅人集会处，向众推销房产。

其词曰：

"房是心安，稳定牢固，有此遮蔽，则得歇息。"

众行人闻而笑曰：

"人之心安，岂非由无愧而来？何由区区一片屋瓦？

"况我行人，志向远大，天空海洋，安能作茧，困于四壁？"

商人闻言不死心，又辩曰：

"房是资源，集成便利，方便享受，教育医疗。"

众人闻言又笑曰：

"论天下资源之大者，何过天空海洋，山川瀑布，清新空气，无劳人心？

"此如何是一间房屋，大小不过数丈，拘束局促，可做比较？

"再论教育医疗，人之受教最大者，无过乎远行，豁达心胸，广博见识，淡然爱恨，平常聚散。

"此比之蜗居狭隘，日日计较得失，辗转反侧，睡亦不安，更不健康，何具教育意义乎？"

商人仍不死心，强辩曰：

"汝等俱不识货，安知有家好！"

众人闻言笑曰：

"仁者惜无远见，不知无家妙。"

云上之国

星海偏隅有云上之国。

彼国悬浮万丈晴空之上，云海汇聚而成。或成云岛，星罗棋布；或成云陆，气势磅礴。

彼云岛小者，仅能承载，一树一花；彼云陆大者，无尽高山，奔涌云流，平原丘陵，沧海桑田，皆容纳之。

于彼云国，有云上精灵。彼精灵者，云为身躯，云作衣裳，能自然飘浮空中，宛若流云。

彼精灵饮食，云树所结，含风带露，种种滋味，流云果实。珍宝玩具，五光十色，积雨云制。

彼云国宫殿，亦由云成。

精灵于雨云之中，取水一滴，透过折射，向彼晴空暖阳，借七彩虹桥。座座虹桥交织，彼此组合，则成框架，复大风吹之，云雾附之，遂成宫殿，仙气飘然。

彼云上精灵，所说语言，不似他方人间刻意，自然犹若风声，或低沉，或婉转，很少顿挫，悠远绵长。此种语言，称名流风。

除却流风之言，精灵复有固云之语。每至欢畅，彼精灵时常信手拈来，朵朵流云，将之固化掌心，用以代表喜悲。

若圆云团，则为欢乐；若椭云团，则名悲伤。大略如是。

284

　　于彼云国，并无地图。因流云者，本无定型，随风聚散。万
丈晴空，有时疾风，疾风烈时，纵使云陆，亦常离析，聚散不
定，无有恒形。以是之故，彼云上之国，并无地图。

　　于彼云国，亦无故乡。所谓故乡，随风沉浮，聚散无定，虚
空漂泊，无可追者。

　　是故，于彼世间，行路精灵，道路相逢，不问仁者，故乡何
处，只问仁者，愿往何方。

情　歌

一

某日，叶凡途经一沉浮人间，于铜雀朱楼上，听善歌之伎，唱人间情爱。

彼女颜可爱，彼女无智慧，彼女心纯良。叶凡听其唱情歌，一念心欢然，一念心忧虑。故为其说，彼世间，由天地初开时，至情歌诞生事。

茫茫天地，初开混沌，彼时世人，多习清善，不组国家，亦无城邦，亦无商贸以及工作。

地生嘉禾，天雨良露。人人无事挂心，多为静坐。常于极静之中，得无穷欢然。

此欢无可比，此欢世难寻，能歇一切心，能止一切寻。

以是之故，彼时无音乐，亦无歌舞伎。

后有多事人，于闲暇时，取兽皮木桩制鼓，信手敲击之，其声空空，其声隆隆，聆听不假静坐，而有上乐。

不闻鼓声之世间人，初听鼓音，快乐且羞涩，以其乐过，恐使人沉溺，是故大多敬而远之。然则，毕竟有人，心知不妥，仍偷以鼓乐。

如此三十亿年过去，鼓乐渐而普及，人人习以为常，不觉过分。

此时世间人，每每静坐外，偶感枯燥时，常以鼓相娱。彼时人寿十亿岁，听鼓及静坐之乐，不若三十亿年前的百分之一。以心离寂静，成迟钝故。

后有杂心人，颇觉鼓声单调，未能长久，由是制弦，于细丝之上，反复拉扯，断断续续，绵绵长长。

不闻弦声之世间人，初闻弦乐，快乐且羞涩，以其乐过，恐使人沉溺，是故大多敬而远之。然则，毕竟有人，心知不妥，仍偷以弦乐。

如此二十亿年过去，弦乐渐而普及，人人习以为常，不觉过分。

此时世间人，或有不喜坐，常听鼓弦。彼时人寿六亿岁，鼓弦及静坐之乐，不若二十亿年前的千分之一。以心离寂静，追逐音声，反成迟钝故。

后有思重人，觉鼓弦亦属力浅，未能使人顺畅，由是为曲赋词，唱心中曲折。

由是世间有歌者。

是歌者，初唱春夏秋冬，阴晴雨雪，高山流水，大地海洋。彼时人寿千万，所得欢然，不若旧时万分之一。

后觉大地风光犹有不足，则唱正义荣耀、战殇牺牲。彼时人寿过万，所得欢然，不若旧时百万分之一。

后觉荣誉正义使人负担，则唱友谊恒远，天涯相聚分离。彼时人寿近千，所得欢然，不若旧时千万分之一。

后觉友谊尚浅，不若情深，则唱情歌，男女爱意，以痴为悦。所得欢然，已不若旧时亿分之一。

此时人寿已不足百，世间已罕有长寿之人，反有伎者，自溺于情，又为媚人。

仁者心纯良，又复可爱颜，是故我见欢。仁者无智慧，自陷囹圄中，是故我见忧。故为汝略说，世间情歌事，愿汝终释然，无复波折中。

之于向往

一

星海偏隅有某处世间，有隐士者，安居其中。

彼隐士人，世不知其名，亦不知其德。唯深山野林，多怪兽瘴气，普通之人，入住深山，常遭不测；隐士入山，日月升落，春夏秋冬，则无异常。

如是三年，某一日夜，隐士茅庐，忽透微光。四周灵兽，见之觉异。

又过三年，大山震动，巨石坍塌，河水绝流，唯隐士茅庐，四周安详。深山灵兽，遂于夜晚，悄无声息，匍匐四周，休憩睡眠，直至天亮，无声而去。

隐士见此，不闻不问，不追不赶，任意由之。

又过三年，隐士忽生爱好，常于庭院之外，种植兰花。彼兰山间品种，色泽光华，常得茁壮。

如此复又三年，忽某一日，庭院兰花，遭遇疾病，样貌萎靡。

灵兽见之，群相商议曰："我等平日，常于隐士茅庐，沾光得受庇护，彼隐士者于我亦无所求。今日兰花有恙，我等自当尽心尽力。"

遂，灵兽山间忙碌，追逐豺狼虎豹，上天复又入地，寻得生命甘泉，悉心将之浇灌，不过刹那，兰花如常。

灵兽见此，心大欢然，翌日清晨，躲在远处，欲见隐士欢喜。

彼时隐士，见兰花无恙，微微一笑，随即了然，无大欢然。

灵兽见之疑惑，若无用心，何必栽植，既已栽植，缘何隐士如此淡然？

由是灵兽群中，最调皮可爱者，摇头晃脑于远处走来，仿照人类礼仪，作揖问曰："仁者见兰花无恙，缘何不大欢喜，若无用心，何必栽植，既已栽植，缘何淡然？还请仁者，为我解惑。"

隐士曰："仁者，在我最初，避世归隐，是觉世俗热切，之于向往，朝思暮想，念念不忘，委实喧闹，身心苦劳。

"入静之后，忽而又觉，生而为人，有所向往，亦是提振精神，使人清欢。遂我庭外，种植兰花。

"之于向往，热切苦劳，故我淡然。"

万寿无疆

一

星海偏隅有其世间，名曰万寿。

万寿世间，所以称万寿，是彼世间，常以万岁，尊称祝祷，父母尊长，权与贵者。故而世间，名曰万寿。

然究实际，彼世间虽名万寿，其世中人，短夭四十，中寿八十，上寿百二，极寿两百。纵使神话传说，亦无万岁之人。

某年，万寿世间，某乡教师，因平日教导用心，深得四方敬佩，于教师节上，被其学生，顶礼尊称，三呼万岁。

教师于此，心有戚戚，言曰长寿或许不必，唯愿此身，长夜安稳。

是日夜分，教师入眠，半梦醒间，入彼无疆世界。

彼无疆世界者，人人长寿，事事久长。万寿世间一年，则无疆世界一日夜。又彼无疆，一年三千余日，以此纪年，无疆世界之人，无有知己寿数者。

以年数过多，犹若林中树叶或大海中沙，难以计算故。

懵懂教师，入彼无疆，恰是夜分。彼时明月高悬，清风飒爽，教师心有欢然，于山间居住。

起则饮泉，采食瓜果，卧则听溪，仰望明月。彼夜委实漫长，数十醒眠，夜色尤酣。

如此过百醒眠，天色终渐透亮。晨露之时，远方走来巨人，神色好奇，打量教师。

巨人曰："稀奇稀奇，我后山花园，昨夜到来，通灵异兽，面目尤似人类，大小不过孩童。"

教师闻言，心有异曰："仁者谬误，我知廉耻，认可道义，奉行互不伤害之法，故为人类，非是畜生。"

巨人闻此，心大羞愧，作揖赔礼，盛情相邀，入筵欢聚。

欢宴之中，食皆精粹，饮皆净爽。先上凉菜，后上热食，然后主食，末后汤饮，如此一轮。一轮作罢，茶水点心，小食休憩，复又一轮。

饮食三轮，教师疲惫，向众请辞，休息而去。醒后归来，欢宴尤酣，教师复享。如此二十一醒眠，方才结束。

教师心大满足，问巨人曰："仁者此番盛会，可是百年甚而千年未有之事？"

巨人闻言疑惑，答曰："仁者说笑，此为早食，一日之中尚有丰盛晚餐未食。"

教师知此事故，心生向往，愿食晚餐，遂入园林赏景。

等候之时，园林白日，由春至夏，由夏渐秋，仿若空谷，寂静幽深。最终盛秋之时，巨人复来邀请，等候多时教师，欣然而往。

欢宴之上，巨人请问教师："仁者所来，是何世界，有何风俗？"

教师为报恩德，优美言辞，将己世界，风土人情，详尽描绘。

讲至万寿，教师曰："在我人间，世人常以万岁之辞，祝祷尊贵长者。"

巨人听闻，心中惊疑，出声问曰："缘何仁者世界，人人诅咒尊长，咒其寿命短夭，区区万岁？"

日生树下

一

在星海偏隅有处海岛，彼海岛上，有日生之树。

彼日生树木，异常高大，长成之木，七人环抱，尚且不及。枝干黝黑若铁，树叶繁密，或红或蓝，七色光彩，犹若小花，密布枝干。日生结果，落地而生，即日生一族。

彼日生一族者，不辨男女，由树上生，凌晨落地，破晓行走，上午成年，日中则壮，日落佝偻，晚霞则死。寿命见日不见月，以是之故，名曰日生。

日生一族，寿命虽短，然因日生树故，文明得以传承，生而能言，亦由树木处知，前代岁月故事。

是日破晓，疾风拂岸，日生一族由树上果落。彼日生果实，若挂枝头，似葫芦形状，若离枝头，则遇风化形，于空中眼耳口鼻俱成，落地之时，已然婴孩模样。

彼时天光初透，日生婴孩眼见晨曦，即能言语。大海空气，初升暖意，日生孩童，即能奔跑行走。至朝食时，日生孩童，相继长成少年。

彼时少年，各有主见，遂生不同。

有少年曰："生而为人，当往四方，流浪游荡，无愧己心。"

亦有少年曰："莫行远方，远方危险，若遇树中记载，末世雨雪冰雹，恐无处躲避。"

于是族人，分成两拨。一批围绕大树，作礼三拜，而后携手，离开家园。另一批留守少年，一阵叹息，并无阻拦。

远行少年，由海岛至内陆，过蜿蜒林地，彼时天将近午，少年行走之中，逐渐成熟，长为成年。

此时有成年者有悔，曰："天将正午，我辈已成年，若再远行，恐不归故乡。"由是远行成年，三分之二，返路而回。

余下成年，继续前行，一路跋涉，遂成壮年，身强力健。彼时一条河流，横在前路。

远行壮年之首，于旁人劝阻目光之中，纵身跃河，横渡过之。

待其渡过河流，日过中天，远行中年，人生首次感受，身体衰败，江河日下。

他在彼岸，手指太阳，朝尚且迟疑之人喊道："渡河，渡河，我辈已无退路。"

听见他的呼喊，余下行人，纷纷鼓足勇气，放下迟疑，横身渡河。

只因彼时，日过中天，行人已无退路，纵使回头，亦走不回故乡。

彼时，留守日生族人，围绕大树行盛大欢宴。他们开启前辈珍藏美酒，觥筹交错间，感叹人生，极意尽欢。

欢宴过后，日生族人，四散而去，力所能及，收集瓜果，制备器皿，此是礼物，留赠明天。

忙碌并不许久，忽人群一声惊呼，是某黑夜早生族人，未能等到落日，早夭逝去。人群围绕其旁，眼见海风，将之化作尘埃，深刻哀悼三息，遂各自忙碌而去。

不多时，日落。

佝偻难以动弹的日生族人，彼此依偎，面朝落日，立于悬崖岸上，述说各自心事。

"不知远行族人，去往何方，可曾奇遇，延续生命，度过黑夜，见星与月光？"

"是然，是我贪心，生而为人，能见日光，已然足够，复何奢求？奢求复何？"

太阳缓缓沉入大海，一阵海风拂过山峦，世界归于安宁，漫漫长夜，悄无声息。

愿尽善美

无尽星海翻腾不息，故事与人起起伏伏。

在那里，无数新人欢笑，无数旧人哭泣。在那里，无数兴盛衰败，无数轮回交替。在那里，沧海变成桑田，桑田又变沧海。在那里，热爱变成憎恨，憎恨又变成热爱。

大浪川

一

大浪川，漫无边，水茫茫，波森森，纹无尽，流不息。这一次讲述的是浪川两岸，飘锦递音的故事。

在星海偏隅有大浪川之江。江如其名，彼江宽阔，犹如海洋，对岸互不相望；彼江绵长，无始无终，上下无可探寻尽头；彼江浪涌，暗流起伏，大船亦不能横渡。

浪川两岸，各有人民，创立文字，融会语言，形成国度。千百年来，因浪川阻隔，两国百姓均不知彼此存在。

后有追风之异人，以蒲公英绒为原料，编织成飘锦之书，能乘风千里飘摇而不落。

异人将国度里最优美的诗篇，镌写在飘锦书上，候秋风最烈时，放飞于浪川江边。

由是两国，始通书信。

又因飘锦制作不易，且两国文字不通，故而彼此通信，大多意味含混，以互相介绍为主。

大河以东，百姓书曰：

"在我国度，有喜悦之河。彼河水浪无边，波纹森森，恰犹如喜悦之情。"

缘何称其为喜悦？

因为河流是那样的波澜壮阔、一望无边，像极了人恬淡无求之时，见一切美好，都为之感到欢然的喜悦之情。

大河以西，百姓书曰：

"在我国度，有悲伤之流。彼川波纹无尽、流水不息，恰似悲伤之情。"

缘何称其为悲伤？

因那永不停息的波涛，仿佛是一切的求之不得与失之所爱，在河水中起起伏伏、永不停歇。

悲伤在河流之中，但释然之后的人，在岸上。

如此优美的寓意，诗文般的河流，激起河岸两边百姓的无尽向往。

久之，经协商，两国置生死于度外的勇者，约定彼此携带承装喜悦与悲伤河水的大瓶，驾驶着大船，于浪川河心相会。彼此订立国书，交换喜悦与悲伤，厚结绵长友谊。

启程那天，河东百姓以歌践行曰：

"大浪无边，勇气能渡，我国勇士，携带喜悦，以迎远方。"

河西百姓唱词祝曰：

"急川险危，无畏则安，我国勇士，放下悲伤，以迎远方。"

大浪川，漫无边，水茫茫，波森森，纹无尽，流不息。两国勇士，不顾生死，历经磨难，终于在约定的日子，彼此于浪川河心相会。

仿佛是久未谋面的挚友重逢一般，一见面，两国勇士便紧紧地拥抱在一起。随即他们开启随行携带的喜悦与悲伤之瓶，但两瓶空空如也。

在彼此惊愕的眼神中，两国勇士不约而同地举起大瓶跃入大浪川中，将之装满。

两国勇士停顿数秒后，随即会心大笑曰：

"原来这喜悦与悲伤，源自同一河流。"

乐伯求雨

一

世间的美好想要得到，都需要辛苦付出，若是辛苦付出之后依旧未有，最好一切随遇而安。

这一次讲述的是乐伯求雨的故事。

乐伯者，天上人仙，宿好风雨。师从雨伯，习唤雨之术。

雨伯曰求雨之器有三：曰鼓、曰金、曰旗。

鼓则隆隆，其声若雷，槌之则用以感动天雷是也。金则锐锐，似电光影，鸣之则犹如电闪。旗曰指挥，左右摇摆为风，上下起落为雨。

三器齐全，可以为呼风唤雨也。

乐伯学之，初不成。或有雷无电，或电闪无风。雨伯于其旁观曰，需诚。

由是乐伯斋戒沐浴七日，于午后焚香设案，朝三器作礼一拜，言之曰："皇皇上天，求雨人乐伯参上，请献之求雨三器乐，愿上天如我心意，降下风雨。"

拜毕，乐伯敲鼓作乐，声之曰："雷声隆隆，如鼓轰轰。"不多时，远空忽乍起一声惊雷，乌云密布。

乐伯见此心喜，又鸣金曰："电驰光影，如金锐鸣。"随着金声抑扬，密云中电光忽隐忽现。

乐伯又升至空中，挥舞旗帜曰："风生雨落，随旗而舞。"

顷刻间，天上风生雨落。乐伯淋于雨中，内心乐不可支。

雨伯见曰，可矣。

乐伯学成归来，唤雨之名不胫而走，仙人称其为雨师，常有宴请邀为嘉宾，呼风唤雨为作表演。

久之，乐伯渐骄。

一日他方仙人以巫山雨玉为酬，邀乐伯于宴上作风雨之变幻，赏人耳目。

会上乐伯宴饮三壶，亦不净手，眼望巫山雨玉心生贪婪。

击鼓道"雷鸣"，雷不至，乐伯心急。又鸣金曰"电起"，电无光，再挥旗言"风生雨落"，四周鸦雀无声。

风雨不至，乐伯遂成笑柄。

自此以后，乐伯唤雨，时至时不至，其不明所以。

后有一日，人间大旱，烈日于天上炙烤大地，植被成焦、河流干涸、农田龟裂，百姓苦不堪言。

人们纷纷苦求降雨，于烈日中，长跪哭天，背灼红疤。

乐伯见此，心有感慨："世间久旱求甘霖，其心之真切，我不如之。我无求雨之真切，求之不来，我之过也。"

由是乐伯端正姿态，如初学一般殷勤于仪式，日日求雨，渐渐灵验。

是时人间，依旧大旱。乐伯有感于是百姓启发自己，欲作报答，将天上雨引下人间，解除干旱。

怎料其一番真切求祷，天上雨虽招之即来，其势磅礴，可一旦将旗指向人间，磅礴雨水大多凭空消失，只残留一星半点雨丝，还没落至人间大地，便被蒸发。

原来是因人世戾气太重，福德微薄，无法接受雨露。

乐伯见之，却起不忍之心，鼓之越急，鸣之越利，一边挥舞旗帜，一边苦声祝祷："皇皇上天，怜惜其民，降以甘霖，解世饥馑。"

此时人间忽起一团雨云，紧接隐隐有雷声轰鸣，电光不时闪烁。正当百姓欢欣鼓舞，以为将要雨落时。天上的乐伯因无法承受人间戾气，吐一口紫血陷入昏迷。

顷刻间，乌云消散，人间未雨。

乐伯吐血，休养三月方才稍愈，此时他已明白，人间命运非是一己之力可以强更，既然尝试无果，只能放弃。

又天帝感其善良，特于一次欢宴，邀乐伯列席。

会上有善舞天女，作舞三支，一名曰《云袖》，一名曰《飞天》，一名曰《落锦》。舞姿曼妙，云袖飘摇。

宴上乐伯看得内心悠然。不禁以桌案为大鼓，手掌轻拍，杯盏为鸣金，以箸敲击。不时用衣袖为旗帜，上下挥舞，唱道："上天上天，乐伯参之，今无三器，得唤风雨，唯愿世间安乐久长，我心则欢喜。"

刹那间，人间普降甘霖。

瓶中雷光

一

星海偏隅，某处人间，有老翁者，善捕雷光。

彼捕雷之法，常于春意隐发、晨曦微凉之新雨时节，手持竹节，入彼空山，竹海林中，乌雨云下。

彼时老翁，随心漫行，舒缓节奏，敲击竹节，其声轻灵，其声透彻，其声寂远。

切忌心急，若心着急，则失自然，不得感通。

不必心急，时节因缘，总归恰好，急亦不得。

当彼竹节空灵之声，恰与天上雷闪，及地下竹笋破节之音，同时响起。恰好，天地交感，上下贯通，即有春雷，惊鸿一瞥，降于竹节。

彼时老翁，心开笑颜，不急不缓，将彼雷光，倾倒一旁，琉璃瓶中。

彼透明琉璃瓶者，或高或矮，或圆或方，干净整洁，清澈透亮，盛装雷光。

彼雷光者，有粗有细，或蓝白，或紫红，犹若虚空天河，瓶中徜徉，万千婀娜，细密分叉。然则，除却装饰照明，并无大用。且彼雷光，最多三日，即悄流逝，消弭无形。故，甚少有求购者。

时人或劝老翁，似不必艰辛，天蒙灰白，即披雨蓑，提竹挂瓶，入彼山中。

老翁闻言笑曰："仁者诚不知我，竹翁之意，并非雷光，在乎空山，新雨点滴，竹节声慢，遗世无争也。"

御 风

一

在星海某处多善国度里，有御风一族，能御风而行。

在叶凡流浪途中，曾偶遇一名御风族人。彼时叶凡执剑作礼，向他请教御风的道理。

叶凡曰："仁者御风，诚然良善，不知可否得闻其中道理，使我受教。"

御风族人曰："仁者有礼，我辈御风，以心安、相忘二者故，得以飞天。"

叶凡曰："愿闻其详。"

御风族人曰："心安者，不以风为抵，不被风所使。风起时，心不抵抗，身无紧张，亦不盲目，斯心恬淡。

"风是呼吸，是春夏秋冬，是阴晴雨雪，是世上稀松平常之物。清风如是，疾风如是，烈风如是，狂风亦如是。

"如是则心安于风。"

叶凡闻言又问："何为相忘？"

御风族人曰："风性无根，最善忘怀。人当如风，固执忘怀，情痴忘怀，仇怨忘怀，忘怀忘怀。如是我身轻灵，可以乘风矣！"

言罢，虚空里一阵大风忽然盘旋而至，御风人乘风而起，似慢又快，悠然飘向远方天际。只留下猎猎风声在叶凡耳畔。

流花天河

一

星海偏隅有处流花天河。

彼天中河，悬挂虚空，从无尽遥远处来，往无尽遥远处去，河流徜徉，非是流水，亦无砂石，却是朵朵香花，灿若繁星。

彼繁花者，或大或小，无可计数，小者似乎泪珠，大则如同山岳。彼花颜色，百千万种，难可喻说。或有纯净素雅，单光一色，净极清欢；或有万紫千红，璀璨流光，使人闻见，即忘忧伤。

又彼流花，途经无数世界、宇宙、文明、人间。时而湍急，时而舒缓，时而笔挺，时而蜿蜒，时而万花同绽，时而群花合苞。每一世界，每一宇宙，每一文明，每一人间，皆有名称，或同或异。

或名花河，或名花海，或名万花绽处，或名无尽光华。

时常旅人，于不同世界、不同宇宙、不同文明、不同人间、以不同名称，登临同一天河，流花之上。

彼时流花，略略合苞，旅人于花瓣间隙，观河赏花，一阵香风，心遂安宁，忽而瞬间，睡意来袭，世界寂静。

当其醒来，时光荏苒，有时只过一晚，有时已过一生，有时则过无量无边无数时光。

在他安眠之时，流花静怡徜徉，途经无数世界、宇宙、文明、人间。

　　在那里，无数新人欢笑，无数旧人哭泣。在那里，无数兴盛
衰败，无数轮回交替。在那里，沧海变成桑田，桑田又变沧海。
在那里，热爱变成憎恨，憎恨又变成热爱。

　　凡此种种，之于旅人，不知不觉。

　　他只道是，昨夜无梦，好眠一场。

饮食之道

一

　　某年，星海某处，有食道大会。

　　彼食道大会者，专精饮食之道，品鉴春秋滋味，由浅及深，斯为同好，议论之所。

　　会上有东海国美食家，议论饮食，其辞曰：

　　"夫饮食之道，在乎食材。彼食材者，在乎品类，譬如玉石，纵使最劣，尤胜瓦砾。又乎品类，在乎时节，三月早韭，冬月晚菘，合乎时节，方名适宜。又乎时节，在于人身，心无忧劳，即好时节，种种食物，俱是珍馐。

　　"饮食之道，由浅至深，在乎心地，由内而外，是名道理。"

　　彼东海国，资源富饶，故生此论。

　　会上有西漠国美食家，议论饮食，其辞曰：

　　"夫饮食之道，在乎技法。彼技法者，始于繁复，劳于勉强，久则成熟，了然于心，勉强日减，天然日增，终究浑然，随意挥洒，犹若天成。天成技艺，大巧不工，雕琢饮食，斯为善美。

　　"饮食之道，由浅至深，在乎心地，由内无争，得外从容，是名道理。"

　　彼西漠国，人民勤劳，故有此论。

　　会上有北寒国美食家，议论饮食，其辞曰：

　　"夫饮食之道，在乎饥饿。饥饿调料，最上臻美，使人不挑，

深生感恩。因斯感恩，则归平静。由斯平静，逐渐深邃。人心深
邃，则善分别，百千风味，参差不同，得之甘美。

"饮食之道，由浅至深，在乎心地，由内深邃，得外分别，
是名道理。"

彼北寒国，物资匮乏，故为此论。

会上有南疆国美食家，议论饮食，其辞曰：

"夫饮食之道，在乎适量。因取适量，故舍贪婪。贪婪消灭，
理智光盛。因此理智，世间举止，皆能恰好。咸淡恰好，短长恰
好，时间恰好，事事恰好，饮食恰好。

"饮食之道，由浅至深，在乎心地，由内理智，得外恰好，
是名道理。"

彼南疆国，多生瘅气，过饱则病，故生此论。

末后，会上主持，总结陈词曰：

"饮食之道，因虽繁复，果则同一，犹若百川，归于大海。

"世间饮食，无非心地，离于此心，则无甘美。

"我等于此，共襄盛会，亦是内里，心花同绽。

"愿此心花，千秋百代，枝叶繁茂，永无凋零。"

落　松

一

腐草化萤，非是草为，亦非腐化，而得有萤。等风之松，不是风成，非劳久等，而名青松，借物而造化矣。

无尽星海，偏隅松林，其叶也密密，其枝也叠叠，望而不知尽，翠海延碧空。其松有子，乘风而行，随风化育，落地出生，遂成新林。

若三月，有屠苏之风，其风也徐徐，其意也暖暖。风行三十里，有松子乘风，趾步外成新林，此为芥子之松。

若六月，有雷雨之风，其风也疾疾，其意也劲劲。风行三百里，有松子乘风，流水外成新林，此为花籽之松。

若九月，有冰霜之风，其风也猎猎，其意也凉凉。风行八百里，有松子乘风，迢迢外成新林，此为坚果之松。

若十年、百年余，或有天罡之风，其风摧皮肉，其风入骨髓。风行虚空上，有松子乘风，他洲成新林，此为轮渡之松。

若劫余，若世末，有湮灭之风，其风湮形骸，其风破世间。无物可阻挡，有松子乘风，他世界成新林，此为物外之松。

恰松子于林，其形也硕硕，其言也寥寥，超然于群外，三六九月风，不能动分毫，罡风至于身，其心亦不摇。

药人问松子，所求是何为？

松子曰：

"我等世间风，除非最疾烈，否则吾不乘。

"我行世间事，除非最上乘，否则吾不为。"